›FrühFarbTaucher‹

Leonie kämpft gegen den ›Erledigt-Stempel‹

Aus der Reihe: ›Eddy‹ und ›Mo‹ - (Band III)

Sabine Grassy

Sabine Grassy

‹FrühFarbTaucher›

Leonie kämpft gegen den ›Erledigt-Stempel‹

Aus der Reihe: ›Eddy‹ und ›Mo‹ - (Band III)

Roman

Impressum

Bibliografische Information der Deutschen Nationalbibliothek:
Die Deutsche Nationalbibliothek verzeichnet diese Publikation in der Deutschen Nationalbibliografie; detaillierte bibliografische Daten sind im Internet über http://dnb.dnb.de abrufbar.
© 2021 Sabine Grassy
Herstellung und Verlag: BoD - Books on Demand, Norderstedt

ISBN: 9783755756873

Die Autorin

Nicht alles, was im Leben trägt, lässt sich in Worten verpacken. An Stellen, an denen der Autorin viele fehlen, kommen ihre Hunde ins Spiel.

Menschlich enttäuscht von ›Schauspielern‹, die sich ihr beruflich in den Weg stellten, nahm sie Abschied vom - vielfach idealisierten - ›Traumjob‹ und findet seither Erfüllung in der Auseinandersetzung mit Themen, die WIRKLICH wichtig sind.

Trauer, Mobbing, zwischenmenschliche Irritationen und gesundheitliche Dekompensationen, selbst wenn es die Tragik spiegelt, jahrzehntelang für eine Psychiatrie tätig gewesen zu sein; als ›notwendiges Aufwachen‹ von ihr bezeichnet.

**Widerstand
oder Erfahrung
beim Erwachsen werden**

Man fordert mich auf,
Stellung zu beziehen.
Man will die Parole wissen,
damit man mich einordnen kann,
ablegen im Regal, wo schon so viele liegen.
Aber
es ist noch so viel in mir;
ich fühle mich nicht bereit,
abgelegt zu werden.
Ihr habt den Erledigt-Stempel
zu früh in die Farbe getaucht.
Noch bin ich es nicht!
© Kristiane Allert-Wybranietz (*1955), deutsche
Dichterin und Lyrikerin

Quelle: Allert-Wybranietz, Trotz Alledem, lucy
körner Verlag 1980

INHALTSVERZEICHNIS

Mission Seele

*E*ddy ist mir eine Pfote voraus in der Überlegung, auf welche Weise wir auf Menschen treffen, deren Seele zum Schattenträger wurde.

»Wir fahren Schulbus, Mo« offenbart mir Eddy seine nächsten Pläne.

»Wie wir ohne aufzufallen Zutritt zu den Lehranstalten finden, klügele ich noch aus«.

Mir leuchtet nicht ein, in welche Richtung er will.

Kein Jugendlicher wird durch den Anblick zweier Hunde animiert, seine Lebensgeschichte breitzutreten.

Vielmehr befürchte ich ›Streichel-symphonien‹ jener, die Hunde lieben.

Abstrakt und unlogisch ist seine Heran-gehensweise.

Ich werde nicht mit ihm auf Halbstarke zu-stürmen und direkt fragen, ob sie Hilfe benötigen.

Noch weiter weg erscheint mir, dass die jungen Menschen angesichts ihres Alters mit Trauer konfrontiert wurden.

In kurzen Worten: Das beinhaltet Eddys neue Mission.

Die Bewältigung von Zeiten, die jemanden versteinern.

Einkratzen werde ich mich nirgends. Ich bin ein Hund der klaren Worte und finde es verlogen, erst später ehrlich zuzugeben, in welchem Auftrag wir unterwegs sind.

»Hast Du Angst vorm Busfahren?«, fragt mein Freund aufgrund meines Schweigens.

»Das ist es nicht, Eddy. Ich sehe keinen Sinn im Vorgaukeln. Warum suchen wir nicht nach Heranwachsenden, die wir fragen, ob noch

Vater und Mutter auf sie warten?«, schlage ich vor und bin überzeugt, Eddy stuft es als ›genial‹ ein.

»Bist Du des Wahnsinns, ›Klo-Mo-tzi‹?«, ereifert er sich, um mir eine wertvolle Erklärung zu bieten, warum seine Idee die einzig richtige ist.

»Kinder verlieren nicht einzig einen Elternteil. Trauer beinhaltet viel mehr. Es kann der Verlust einer Tante, eines Opas, einer Schwester oder eines Haustieres sein. Jeder geht mit der ›Leerstelle im Herzen‹ unterschiedlich um. Manchen ist es möglich, darüber zu sprechen, womit sie Erleichterung verspüren. Wiederum gibt es die Schweigenden, die bei jedem Wort über den Verlust befürchten, es niemals vergessen zu können. Man muss sensibel an sie herantreten und einen Zugang zu ihnen ›buddeln‹.

Bewusst bezeichne ich das so, was nichts mit dem Erdausheben, das Hunde lieben, zu tun hat.

Wir dringen nicht zu jedem vor.

Mo, es ist das schwierigste Thema und Du würdest jeden vor den Kopf stoßen, wenn Du nicht aufpasst, was Du sagst oder wie Du mit jemandem sprichst«.

»Können wir diese Mission abwählen?«, bitte ich verstört. »Vielleicht ist Verdrängen der beste Weg für Betroffene?«.

»Ist er nicht«, weiß Eddy aus Erfahrung.
»Ich habe die ganze Palette von traurigen Gefühlen hinter mir und es hat mich krank gemacht. Wenn wir es nur bei einem Einzelnen schaffen, ihm die Trauer zu erleichtern, indem wir die Leere füllen und für Verständnis sorgen, dass der Tod zum Leben gehört, haben wir Großartiges vollbracht«.

Auf dem Weg zur Bushaltestelle grübele ich.
Scheitern ist Gewöhnungssache.
Unvorstellbar bleibt in meinen Augen, dass uns Wildfremde von sich erzählen.
Ich rede nicht drauf los, selbst wenn mir viele Dinge auf der Seele brennen.

Dennoch glaube ich auf unerklärliche Weise an Eddy.

Wenn es jemand hinbekommt, Unmögliches möglich zu machen, dann einzig er.

Von Weitem sehe ich viele Teenager.

Einige raufen, was ich befürchtete, und andere sprechen miteinander.

Keiner von ihnen sieht aus, als bräuchte er unsere Hilfe.

Bevor ich Eddy auf die glücklichen Gesichter ansprechen kann, hält der Schulbus vor der Gruppe und ich werde von meinem Freund unvermittelt reingezogen.

Gebongt!

Einen Versuch ist es wert.

Ich erhebe noch Einwände, sobald ich merke, dass dieser Plan nicht aufgeht.

Eiskalte Leonie

Die erste Hürde ist genommen.

Die nette Busfahrerin lässt uns bereitwillig rein, nachdem wir bestätigen, zu einem der Fahrgäste zu gehören, was sie uns förmlich in den Mund legte.

Ein Pluspunkt, dass sie sich zu den Hundeliebhabern zählt.

Als ich durch diesen Bus laufe, sehe ich links und rechts viele Beine, die mich nicht gerade beruhigen.

Wie eine Klette hänge ich an meinem Buddy, dem ich bis in den hinteren Teil des Busses folge.

Überall Geschrei und Gelächter.

Reihenweise Kopfwendungen und alle schauen uns hinterher.

Ein junges Mädchen steht von ihrem Sitz auf und hebt uns auf den freien Platz neben sich.

Warum dieser leer und sie die Einzige ist, die Interesse an uns zeigt, verstehe ich nicht.

Zusammengekauert sitzen wir neben ihr und schauen sie an.

Attraktiv ist sie mit ihren blonden, engelsgleichen Haaren, die ein ›dunkles Ding‹ zusammenhält.

»Was will sie von uns?«, flüstere ich.

»Pst«, mahnt Eddy, »sie hilft uns gerade, dem Tumult zu entkommen«.

Ernste Zweifel an unserem Vorhaben sind geschürt.

»Eddy? Nicht uns muss geholfen werden. Ich wusste, dass wir das falsch angehen«.

Ich möchte von diesem Sitz runter, mehr noch, ich will hier raus.

»Hunde, die sprechen, beunruhigen mich«, höre ich das Mädchen sagen. »Ich habe genug Probleme und brauche es nicht, dass mir mein

Arzt sagt, dass ich ›kopfkrank‹ bin, wenn ich in seiner Sprechstunde das Stimmenhören schildere als sei es das Normalste dieser Welt«.

Wie bitte?

Nicht der Ton ihrer Aussage erschreckt mich. Vielmehr, dass sie von einem Doc spricht.

Ein Mensch ihres Alters sollte nicht dermaßen erwachsen klingen und von ärztlicher Behandlung sprechen, als handele es sich um einen Kinobesuch.

»Nicht jeder hört uns«, wagt Eddy einen Vorstoß.

»Wer das bei uns wahrnimmt, trägt eine besondere Gabe in sich«.

Fragend guckt sie ihn an.

»Verdammt, was wollt Ihr von mir?«, fährt sie ihn an.

»Moment mal, Du hast nach uns gegriffen«, lässt Eddy das nicht auf uns sitzen.

»Übrigens heiße ich Eddy und das ist mein Freund Mo. Wir lieben junge Menschen und die Wahl traf auf Dich, doch Du bist uns zuvorgekommen«.

Vertrauensaufbau gelungen.

»Ich bin Leonie und frage mich, was ich mit Euch mache. Ich muss zur Schule und kann mich nicht um zwei herrenlose Hunde bemühen. Ein Obdach findet Ihr wahrlich bei mir nicht. Genauso wenig kümmere ich mich um das zerzauste Fell, das auf Streuner schließen lässt«.

Überrumpelt und ein wenig wütend blicke ich ihr direkt in die Augen.

Es zeigt Wirkung.

Sie stellt ihr vorlautes Trara ein und wartet mal fünf Sekunden, die ich nutze, um ihr Paroli zu bieten.

»Wir sind keine Straßenhunde, Leonie. Ich liebe schon gar nicht jeden dieser prolligen Jugendlichen, die Großen nachahmen und denken, ihnen was vorauszuhaben. Warum besuchst Du noch die Schule? Deinem Mundwerk zufolge bist Du mit allen Wassern gewaschen. Besserwisserei unterstelle ich Dir nicht, empfinde Dich aber zu erwachsen für Dein kalendarisches Alter«.

Ihre Hände greifen nach uns und mit einem Ruck landen wir unsanft auf dem kalten Boden des Busses.

»Blöde Tussi«, schreie ich in ihre Richtung, was sie mit einem Lachen beantwortet.

Eddy legt mir seine Pfote auf den Nacken.

»Mo, das ist sie nicht«.

»Nicht wert, meinst Du?«.

»Blöd! Und Tussi empfinde ich, als wertest Du jemanden ab, den Du nicht im Geringsten kennst. Sie ist ES«.

Mag sein, dass seine Worte ins Schwarze treffen.

Erst später verstehe ich seine Äußerung.

Mit ›sie ist ES‹, meint er tatsächlich, dass Leonie die Erste sein wird, der wir helfen.

Pures Entsetzen, bis ich zweifele, ob hinter ihrem Verhalten etwas anderes stecken könnte.

Zum Grübeln bringt mich die Fragen meines Buddys.

Warum sitzt Leonie alleine im Bus?

Aus welchem Grund lässt sie uns nicht an ihre Seele.

Was führt zu dem erwachsenen Rapport?

Ich zermartere mir das Hirn, ohne eine Erklärung zu finden.

Hoffentlich ist Eddy nicht böse, wenn ich nicht konform mit jeder seiner Sichtweisen gehe.

Wenn auch ausnahmsweise, verfestigt sich in mir eine andere Meinung.

Vergebene Liebesmüh, sich schmierig behandeln zu lassen von einem Mädchen, das uns nicht deutlicher machen könnte, dass sie nichts mit uns zu tun haben will.

Ich biedere mich nicht an und atme auf, als der Bus anhält.

Als Erster draußen warte ich auf Eddy.

War klar, dass er ›Gentlemanlike‹ andere durchlässt.

Schließlich blitzen seine Ohren auf.

»Warum gibst Du zu schnell auf?«, will er wissen, ohne sich für sein Trödeln zu entschuldigen.

Gleich explodiere ich.

»Was musst Du noch hören? Blöde Köter? Würde das reichen, Leonie als Kratzbürste einzustufen?«.

Gespannt auf seine Antwort wartend sehen unsere Augen plötzlich was, das die nächsten Fragen aufwirft.

Leonie geht nicht - wie alle anderen - den Asphalt zur Schule entlang, sondern biegt ab in eine Seitengasse, als der Bus außer Reichweite ist.

Langsam vermute ich, dass hier vieles nicht stimmt.

Neugierig folge ich Eddy und verkneife mir Behauptungen, die aufgrund fehlender Indizien nicht beweisbar sind.

Noch glaube ich, dass sie zu den Schulverweigerern gehört, die inmitten einer Clique abhängen und ›Gras rauchen‹.

Das sage ich Eddy nicht, weil er ohnehin einer anderen These folgt.

»Mo? Bist Du überzeugt? Sie trägt ein Geheimnis in sich. Wir sind Hunde und besitzen ein Gespür für Gefahren, Probleme, Kummer und Sorgen«.

Gleichzeitig bezweifele ich, ein Hund zu sein, ich spüre nichts.

Wir befinden uns auf einem Irrweg und ich überlege lieber, wie ich Eddy später aufbaue, sollte er doch noch zur Vernunft kommen.

Zugang

Sie sitzt da, weder eine lärmende Clique um sich geschart, noch hält sie eine Kippe in ihrer Hand.

Vorhin noch mit einer Ausstrahlung von unerschütterlichem Selbstbewusstsein sehe ich nichts mehr außer einem traurigen Gesicht.

Die abgewetzte dunkle Parkbank wirkt farbenfroh im Gegensatz zu ihrer Haltung.

Die Hände zittern, als sie zum Handy greift und unbeholfen tippt.

Am liebsten würde ich hinüberlaufen, wenn mich nicht das abhalten würde, was ich noch vor fünf Minuten empfunden habe.

Wie kann man vorlaut sein und parallel einen Eindruck von Sentimentalität vermitteln?

Wieso wechselt ein Stimmungsbild innerhalb weniger Minuten?

Tat es das oder schauspielert Leonie?

Fand das Vernebeln vorhin statt oder befindet sie sich jetzt in einer anderen Welt?

Unvermittelt schaut sie zu uns und wirkt alles andere als erfreut.

Wenn ich jemandem nie hinterherlaufen würde, dann dieser undurchsichtigen Person.

Ich mag sie nicht, tue einzig Eddy den Gefallen, nicht meinem Namen des Flucht-tieres alle Ehre zu machen.

Leonie steht auf, bringt mit einem heftigen Tritt gegen einen Mülleimer ihre Abwehr zum Ausdruck, funkelt uns an und verlässt ihren gewählten Rückzugsort, den wir scheinbar zerstörten.

»Eddy? Sie muss in die Schule«.

Ich versteh nicht, warum ein Kind dermaßen vom Durchschnitt abweicht.

Hallo?

Schulpflicht!

Alle anderen haben es begriffen und lernen vorschriftsmäßig für ihr weiteres Leben.

Eddy unterbricht meine Gedanken.

»Mich interessiert, was dahintersteckt. Nichts geschieht grundlos. Möglich, dass sie in der Schule gemobbt wird oder dass sie Sorgen drücken. Es ist an uns, das rausfinden«.

Mein ›wir müssen das nicht‹ überhört er geübt und folgt Leonie.

Ich weiß nicht mal, wo wir uns befinden und wo ich abbiegen muss, um nach Hause zurückzufinden. Folglich bleibt mir nichts anderes übrig, mich anzuschließen.

Als wir um die Ecke blicken, hinter der sie verschwunden ist, sehen wir ein großes Gebäude.

Einem Wohnhaus ähnelt es nicht, sondern eher einer Einrichtung, wenn man den großen Parkplatz und die vielen Menschen berücksichtigt.

»Eddy? Guck mal. Überall stehen Kübel mit außergewöhnlich schönen Pflanzen. Meinst Du, sie jobbt in einer Gärtnerei oder Baumschule? Sie ist viel zu jung zum Arbeiten«.

»Irgendwas stimmt hier nicht«, meint mein Freund. »Dieser Ort trägt was Sonderbares. Hier werden keine Blumen verkauft. Schau mal zu den zwei Rollstuhlfahrern am Eingang. Daneben steht jemand - angeschlossen an einer mobilen Pulle mit Flüssigkeit. Ein Krankenhaus ist es eindeutig nicht«.

Gibt es Menschen, die nicht selbstständig trinken, sodass es ihnen über Infusionen zugeführt werden muss?

Mein Hundelatein ist erschöpft.

Ich kann Eddy folgen, denn nach Krankenhaus sieht es wahrlich nicht aus, obwohl viel dafürspricht, dass sich hier keine gesunden Menschen aufhalten.

Ist Leonie krank?

Zumindest verschwindet sie hinter der großen Glastür.

Schlagartig weckt das mein Mitleid.

Wie konnte ich schlecht über sie denken und sie verurteilen für eine Haltung, deren Ursprung ich nicht beurteilen kann?

Meinen Freund haben die letzten Eindrücke überfordert, doch seinen Vorschlag, hier abzubrechen, lehne hingegen ich jetzt ab.

Mitnichten bezeichne ich mich als einen Shih Tzu mit Sensationsgier, allerdings spielt sich gerade eine Menge in meinem Inneren ab.

Umstrittenes ohne Erklärungen hinzunehmen, es zu verdrängen oder voreiliges zu vergessen, erscheint mir weit weg.

»Sei mir nicht böse, Eddy, wenn es mir schwerfällt, Dich zu verstehen. Eisern betest Du mir vor, dass man sich durchbeißen müsse, nicht nur durch Kausnacks.

Seit wann gibst Du auf, weil Du Dir eine Situation nicht erklären kannst?

Hast Du Angst?«.

»Vor dem, was wir zu sehen bekommen? Genau das habe ich und davor, nichts tun zu können«, gibt er unumwunden zu.

Entweder ist er weiter im Analysieren dieser Situation als ich oder er benutzt es als Ausrede.

Angst habe ich seltsamerweise nicht, zählt sie auch sonst zu meinem täglichen Begleiter.

»Schau Eddy. Leonie«.
Wer ist die Frau an ihrer Seite?
Ein trauriges Bild zeichnet sich ab.
Eddys Blick bedrückt mich noch mehr.

»Das wollte ich Dir ersparen Mo. Längst hatte ich gelesen, dass es sich um ein Hospiz handelt«.
»Ein Hos was?«.
Noch ist mir schleierhaft, vor welchem Hostel wir stehen.
Mysteriös und aufwühlend.
Leonie hakt sich bei der Frau unter und geht mit ihr spazieren.
Merkt die Kleine nicht, dass die Begleitung zu schwach zum Laufen ist?
Diese dünnen Beine können nicht tragen.

»Eddy? Was passiert hier? Und warum trägt die Frau ein Kopftuch und einen Bademantel an diesem eisigen Tag? Sie holt sich den Tod«.

»Erwiesen, Mo«, erklärt mir Eddy traurig und leise.

»Die Menschen sind zum Sterben in diesem Haus. Sie werden auf dem schwersten Weg ihres Lebens bis zum letzten Atemzug von ihren Liebsten begleitet«.

Ich kann nicht glauben, was ich höre und will ihn überzeugen, dass er irrt.

»Nein Eddy. Ein dünner Körper macht lange noch keine Aufgebende. Und Leonie ist jung, in der Blüte ihres Lebens und voller Energie. Würde sie freiwillig diesen Ort der Schule vorziehen? Du liegst falsch, wenn Du nach Erklärungen suchst. Deine sind schlecht«.

Eddy lässt den Kopf hängen und murmelt: »Ich wünschte, Du hättest recht«.

Habe ich, denke ich und schlage vor, dass wir Leonie einen Wink geben, dass sie hier tagsüber nichts zu suchen hat. Gerade als ich losrennen will, reißt mich mein Freund nicht gerade sanft zurück und weist mich in meine Schranken.

»Lass ihr diese Momente mit ihrer Mutter«, bittet er eindringlich.

»Viele werden sie davon nicht mehr haben«.

Ich verstehe nichts, sehe allerdings, wie die zwei auf der anderen Seite sich fest im Arm halten.

Beide weinen und küssen sich.

Die Befürchtung, Eddy könnte recht behalten, schnürt mir die Kehle zu.

Ob Leonie allein im Schulbus gesessen hat, um nicht darüber sprechen zu müssen, was sich in ihrem Leben abspielt?

Ist ihre ruppige Art ein eigens initiierter Schutz vor Gefühlsausbrüchen?

Ich wünschte, nicht so schnell Menschen abzuwerten, solange ich nicht die Geschichte hinter ihnen kenne.

Wie bewege ich Eddy dazu, dass wir Leonie weiter begleiten?

Meine anfängliche Meinung revidiere ich und wünsche mir nichts sehnlicher als mehr zu erfahren von dieser äußerst tragischen Lebensgeschichte, die wir befürchten.

Wir haben uns kürzlich entschieden, Trauer-bewältigung zu unterstützen.

Makaber erscheint mir, diese bei Leonie leisten zu wollen.

Verdammt, ihre Mama lebt und wir sollten uns auf die Jugendlichen konzentrieren, die jemand Wichtigen verloren haben.

Ein perfekter Sterbebegleiter steckt ohnehin nicht in mir, mit all den Verlustängsten, die mich hemmen, mein Leben im Hier und Jetzt zu genießen.

Aus diesem Grund verwerfe ich meinen Wunsch und gebe Eddy ein Signal zum Abbruch.

Plötzlich ist er es, der nicht einlenkt.

»Du willst sie sich überlassen?«, fragt er sichtlich fassungslos.

»Gerade jetzt braucht sie uns, Mo. Wir müssen da sein und bleiben. Beständigkeit ist das, was ihr am meisten fehlt«.

Ich suche nach einer adäquaten Antwort, als mir plötzlich von hinten jemand grob übers Fell streicht.

»Leonie«, stottere ich erschrocken und selbst Eddy scheint überfordert von dem plötzlichen Aufeinandertreffen.

»Was wollt Ihr von mir?«, poltert sie los, ausgerechnet die Frage an mich stellend, dem es angeboren ist, unpassend zu reagieren.
   Ich wünschte, ich könnte eine Tarnkappe aufsetzen und mich davon machen.

»Du wählst einen Weg, der menschlich nachvollziehbar ist«, rettet mich Eddy aus einer ausweglos scheinenden Situation.
   »Prioritäten setzen in jeder Konsequenz ist mutig und zeugt von Stärke. Deine Mama ist das Wichtigste«.

»Woher weißt Du, wer sie ist?«.
   Leonie blickt Eddy skeptisch an.

»Wenn ich das nicht spüren könnte, wäre ich einer Deiner Mitschüler und kein Hund«.

Zum ersten Mal hören wir sie lachen und nehmen ihr Angebot liebend gern an, sie nach Hause zu begleiten.

Leer

Zu Hause bei Leonie treffen wir nicht - wie erwartet - auf ein Zimmer mit Ballerspielen oder ähnlichen Utensilien, die dem Abbau von Stress und überschüssiger Energie dienen.

Keine Ahnung, was ich in ihr gesehen habe, sie ist ein ›normales‹ Mädchen mit den üblichen Wünschen und Träumen aller Teenager in ihrem Alter.

»Macht es Euch bequem, bevor ich das Schlachtermesser hole. Ich habe Hunger auf ein saftiges Terrier-Schnitzel oder neu definiertes Shih Tzu-Sushi«, witzelt Leonie.

Der Humor, den Eddy liebt, mich hingegen abschreckt und für Verweigerung prädestiniert ist.

In der Hand hält sie nicht das angepriesene Besteck, sondern eine Schale mit Wasser und zwei Kauknochen.

Überrascht ob der Tatsache gerüstet für das Wohlergehen zweier Hunde zu sein, interessiert mich zuerst, woher sie weiß, was wir lieben und brauchen.

Fragen erübrigen sich, als sie unmittelbar erklärt, dass ein vierbeiniger ›Allesklauer‹ ihr über Jahre den Gedanken vermittelt hätte, dass er ihr erster fester Freund fürs Leben sei. Lange habe sie sich nicht vorstellen können, ihn gegen einen aus Fleisch und Blut einzutauschen. Kein Junge hätte das gehabt, was ihn auszeichnete.

Ein schwarzer Tag, als sie ihn vor knapp sechs Monaten von einem schweren Leiden erlösen musste in dem Glauben, wenn ihm was injiziert werde, mitgehen zu müssen, weil sie beide sich ewige Treue geschworen hätten.

Eddy bewies das richtige Gespür.

Wir sind richtig bei Leonie.

Nach sechs Monaten kann sie die Trauer weder abgeschüttelt noch bewältigt haben.

Wir sind gefragt.

Am meisten interessiert uns, was für ein ›Pfoten-Freund‹ mit ihr durchs Leben ging und aus welchem Grund er nicht mehr an ihrer Seite ist.

Nicht nur darüber berichtet sie bereitwillig.

Er war DER Minko und sei ein echt treuer Begleiter gewesen, ein Golden Retriever mit dem Charakter eines Kuschelbären. Nichts habe sie ohne ihn unternommen, da er den intensiven Kontakt ebenso gebraucht habe wie sie. Bis er sich eines Tages ohne erkennbaren Grund von ihr zurückgezogen habe. Spaziergänge seien eine Qual für ihn geworden, ebenso der Kontakt zu Artgenossen, der ihm einst immerhin nicht unwichtig gewesen sei.

Bei einem Tierarztbesuch wurde die erschütternde Diagnose gestellt. Dass ihr der Boden unter den Füßen entzogen worden sei, sei nicht das erste Mal in ihrem Leben geschehen.

Minko litt unter Lymphdrüsenkrebs, eine Heilung war ausgeschlossen.

Immer mehr hätte er abgebaut und sie habe alles getan, um ihm das Leben zu erleichtern.

»Ich habe ihn sein lassen«, sagt Leonie ergriffen.

»Er durfte frei entscheiden, was ihm noch guttat und was er unterbleiben ließ. Als er die Blasen- und Darmkontrolle einbüßte, legte ich mein ganzes Zimmer mit Decken aus. Ich wischte pausenlos hinter ihm her, was nie eine Belastung darstellte. Ich entschied mich bewusst für meinen Hund und als er krank wurde, ebenso überdacht, uneingeschränkt für ihn da zu sein«.

Wir sind gerührt von dem, was wir hören.

Dieses Selbstverständnis, mit dem sie es schildert, als hätte es keine andere Option gegeben.

Wünschenswert, jeder Hundebesitzer würde sich im Vorfeld mit derart kritischen Momenten, die definitiv auf ihn warten, auseinandersetzen und ähnlich ihren Vorstellungen handeln, selbstlos und in Liebe.

Wir erfahren, dass Leonies Vater die fortschreitende Pflegebedürftigkeit von Minko zum Anlass genommen hatte, die Familie zu verlassen, weil es ihn angeblich an seine Grenzen brachte.

Bis später bekannt wurde, dass er seit vielen Monaten eine außereheliche Beziehung unterhielt und sich der Familie entledigen wollte, wenn man dem glaubt, was Nachbarn, die Leute am Kiosk oder noch Unbekanntere gern hecheln.

Getroffen habe sie dieser feige Abgang und das Vortäuschen, dass ihr Hund der Grund gewesen sei.

Ob der Vater ihr fehlt, möchte Eddy wissen.

Nein, wirkliches Interesse habe es ab einem bestimmten Zeitpunkt an seiner Familie von seiner Seite aus nicht mehr gegeben.

Früher seien sie zu fünft gewesen.

Ihr kleiner Bruder, die Eltern, Minko und sie.

»Julian ist mit drei Jahren infolge einer Meningitis nach längerem Krankenhausaufenthalt gestorben. Eine schlimme Zeit. Ich habe nicht meinen kleinen Bruder, sondern eine ganze Familie verloren. Anschließend hat mir mein Vater das Gefühl gegeben, es sei ihm lieber gewesen, es hätte mich getroffen. Er machte keinen Hehl daraus, sich seinen Sohn zurückzuwünschen. An der Tagesordnung waren Äußerungen wie ›Julian hätte das nie gemacht‹ oder ›wenn ich Julian zurückhätte‹. Es tat nicht nur mir verdammt weh. Meine Mama ertrug die Streitigkeiten viel weniger und mein Vater hielt ihr wiederholt vor, Julian nicht in derselben Intensität zu vermissen. Manche Tage glichen einem Höllenritt«.

Als Leonie Tränen kommen, rücken wir nah an sie heran.

»Wir würden Dir gern helfen«, verrät Eddy, » können aber weder Deinen Papa noch Minko zurück in Dein Leben holen«.

»Ich vermisse einen der beiden, wenn es mein Herz auch erleichtert, dass der Arzt ihn vor weiterem Leiden bewahrt und ihn erlöst hat. Er lebt in mir und verließ mich bis heute nicht.

Mein Vater ist mir egal.

Viele Erzeuger sind wie er.

Sie bringen Geschenke und besuchen anstandsmäßig an bestimmten Feiertagen die Menschen, die - einst wichtig - als notwendiges Übel abgehandelt werden, obwohl sie sie mal auf Rosen betteten. Ich bin froh, dass er das unterlässt, es würde mir nichts bedeuten. Aber...«

Sie schluckt und bricht ab.

»Deine Mama...« erstaunt mich mein verbaler Einwurf.

Leonie nickt.

»Ausnahmslos war sie für mich und andere da. Kurz nach der Trennung meiner Eltern und dem Tod von unserem ›Goldie‹ brach sie plötzlich in der Küche ohne erkennbaren Grund zusammen. Ich schrie aus Angst und Verzweiflung, bis ich mich weinend auf ihren Körper legte und zu beten begann. Bitte Himmel, nimm mir meine Mutter nicht auch noch weg.

Zwar quälte sie seit mehreren Wochen ein hartnäckiger und anhaltender Husten, hingegen ließ ich mich nach einem Arztbesuch von ihr beruhigen, dass sie einen Infekt verschleppt hätte.

Zu keiner Zeit habe ich mich alleingelassener gefühlt, als sie ins Krankenhaus gebracht wurde.

Meine Tante zog vorerst in unsere Wohnung ein, damit sich an meinem alltäglichen Ablauf nichts veränderte. Vielfach redete sie mich förmlich in den Boden und hielt die Wahrheit über den gesundheitlichen Zustand meiner Mama geheim.

Schnell spürte ich, dass nichts mehr stimmte, redete mir nichtsdestotrotz ein, alles würde gut werden. Bis ich einen Brief fand, der an meine Tante gerichtet war, über die Vereinbarung eines Platzes im Hospiz. Keine Lungenentzündung, sondern...«

Leonie bricht ab und verlässt das Zimmer.

Ich blicke zu Eddy.

Schwere Kost für uns, weil wir die Mama gesehen hatten, ausgemergelt und dem Tod viel näher als dem Leben.

Wie trösten wir, ohne Leonie das Gefühl zu vermitteln, dass alles nicht schlimm sei?

Das ist es und dies schönzureden wäre alles andere als angemessene Hilfe.

Als Leonie zurückkommt, trägt sie Zettel in der Hand.

»Hier« hält sie uns diese unter die Nase, »damit Ihr seht, dass ich gern die Schule besucht habe«.

Wir gucken auf Zeugnisse.

Eine Einser-Kandidatin.

»Ich weiß nicht, wie viel Zeit Mama und mir bleibt. Den verpassten Schulstoff kann ich nachholen, die Zeit mit meiner Mutter ist das Wertvollste, das ich besitze, ohne Wiederkehr«.

Jedes weitere Wort würde stören und wir entscheiden uns zum gemeinsamen Schweigen.

Uns Hunden gelingt viel, selbst wenn wir einsehen müssen, dass auch wir nichts gegen diese heimtückische Krankheit aus den Pfoten ziehen können.

Wie konnte ich anfangs Leonie ablehnen?

Manche können einen einzigen Verlust nicht verkraften, ihr Leben durchziehen viele.

Ist ihre Mama am Tod von Julian zerbrochen?

Nicht nur einmal haben wir gehört, dass es für Mütter oder Väter das Schlimmste sei, das eigene Kind zu überleben.

Ich habe im Gegensatz zu Eddy noch niemand Wichtigen verloren, was mir dennoch nicht verunmöglicht, mich in das traurige Mädchen hineinzuversetzen.

Woraus Hoffnung für das eigene Weiterleben beziehen, wenn das Schicksal gnadenlos zuschlägt?

Diese Wohnung ist geschmackvoll und alles andere als spartanisch eingerichtet und doch wirkt sie nach Leonies Bericht leer und verlassen.

»Können wir Deine Mama besuchen?«, wage ich einen Vorstoß, obwohl ich meine Frage unangebracht finde in Anbetracht dessen, dass wir ihre Mama nicht kennen.

Hätte ich lieber bei Leonie nachgehakt, ob sie selbst zu uns Kontakt halten möchte.

Sie hingegen empfindet meinen Wunsch scheinbar nicht als aufdringlich und verspricht uns, dass sie es sich überlegen und ihre Mama fragen will, ob es denkbar sei.

Nichts ist bedeutender, als jeden Wunsch ihrer Mama zu respektieren.

Auf dem Heimweg schweigen Eddy und ich, wenn wir uns auch unter anderen Umständen immer was zu erzählen haben.

Jetzt tut die Stille gut und heilt dieses schreckliche Aufgewühlt-Sein.

Das mehrfache Verlaufen, da wir heute beide an Orientierungsfähigkeit scheitern, trägt nicht zu einer Missstimmung bei, der wir unter anderen Umständen erlegen wären.

Müde und erschöpft betreten wir unser Heim und legen uns sofort hin, obwohl ich befürchte, dass wir in keinen erholsamen und erlösenden Schlaf finden.

Ungewohnt weit voneinander entfernt liegen wir, weil jeder für sich mit allem Gehörten klarkommen muss.

Ob ich morgen bereit sein werde für eine neue ›Schulbus-Mission‹?

Ich bezweifele es.

Eine zweite Geschichte von dem Ausmaß wie DIESE würde mein Herz irreparabel schädigen.

Sie

Warum kam mir nicht dieselbe Idee wie Eddy?

An Schlaf ist nicht zu denken, stundenlang beschäftigt mich das Schicksal dieses jungen Mädchens und ich wälze mich hin und her.

Erlöst fühle ich mich durch Eddys Worte.

»Ich komme nicht zur Ruhe, Mo« schwingt Müdigkeit, aber keine Resignation mit.

»Wir verzetteln uns, wenn wir erneut den Schulbus nehmen auf der Suche nach einem weiteren traurigen Report. So viel trägt Leonie in sich, zu viel, um es ohne Hilfe zu bewältigen. Ich möchte sie begleiten, nicht nur heute oder morgen. Sie wird uns brauchen, wenn...«.

Warum spricht er nicht weiter?

Wenn ich auch selbst über Schreckliches nachdenke, erliege ich augenblicklich einer diffusen Angst, er wolle den Verlust der Mutter von Leonie nicht direkt ansprechen.

»Eddy?«.
Mit tränenerstickter Stimme versuche ich die Tragik zu entschärfen.
»Ihre Mama lebt und wird es schaffen«.

»Wird sie nicht, Mo, und das müsstest selbst Du wissen. Ein Hospiz ist ein Weg raus aus den Schmerzen, ohne Heimweg ins vertraute Milieu«.

»Können wir nichts tun?«, suche ich nach Möglichkeiten.

»Für Leonie sicher, nicht aber für ihre kranke Mutter«.

Das Leben, so schön es mitunter ist, empfinde ich passager als gnadenlos und unerbittlich.
Prinzipiell weiß ich, wie dicht mein Freund der Wahrheit auf der Spur ist mit seinen offenen, unverfälschten Worten.

Er macht sich und anderen nie was vor. Beschönigen ist kein Problemlöser, insofern sind wir gefragt, einen noch tieferen Zugang zu Leonie zu finden.

Leicht wird das nicht.

Gestern stießen wir auf ihr gnadenloses Mauern, das bei allem, was sie rückblickend erlebte, eine logische Konsequenz ist.

Als eine Art Schutzpanzer von Eddy bezeichnet ist es ihr eigens gewählter Weg mit allem irgendwie zurechtzukommen.

»Wie und wo finden wir sie wieder, Eddy?«.

»Wo kann ich mit Sicherheit sagen. Unvorbereitet sollten wir nicht erneut ungefragt in ihr Leben platzen. Sensibilität ist oberstes Gebot. Eine Deiner wichtigsten Charaktereigenschaften, Mo. Hätte ich nicht Dich an meiner Seite, würde ich vor lauter Hilflosigkeit versuchen Leonie zu vergessen. Doch wenn es einem gelingt, sie zu erreichen, dann Dir, meinem kleinen ›Seelen-Hero‹. Dich in Wesentlichem unterstützend richte ich mich nach Deinen Vorschlägen und Anweisungen. Für einen dominanten Hund meiner Art eine neue Erfahrung, die ich für Leonie gern auf mich nehme«, zwinkert Eddy mir zu.

Ich glaube kaum, was er mir mit seinen Ausführungen für einen Weg ebnet und wie sehr er mir vertraut.

Ich gebe mein Bestes.

Umdenken steht weit oben.

Mich frei zu machen, davon, Dinge ändern zu wollen, ohne dass es eine reelle Chance gibt.

Insofern benötige ich ähnliche Hilfe von Eddy, die er von mir erwartet.

Was auf uns zukommt und uns erwartet, wird um Welten schwerer sein als das, was ich bisher erlebt habe.

Als Eddy an seiner eigenen Trauer fast zerbrach, spielte ich in seinem Leben noch keine Rolle.

Es wird ihn prädestinieren, sobald er sich an eigene Erfahrungen erinnert, heilend und fürsorglich mit einer kranken Seele umzugehen.

Meinen Part nehme ich nicht weniger ernst.

Die nächsten Monate werden uns fordern, in denen Leonie nach Verlässlichkeit sucht, weil sich ihr stets alles vergänglich zeigt.

»Was meinst Du, wie alt ist Leonie?«, hoffe ich auf einen oberflächlichen Themenwechsel.

»Es ist keine Frage des Alters. Meinst Du, dass man Trauer auszuhalten mit den Jahren lernt? Weit gefehlt, Mo. Ich schätze alle Kids von gestern auf sechzehn, älter wird auch sie nicht sein. Warum fragst Du?«.

»Altersabhängige Trauerarbeit war nicht der Grund. Für wie ungehobelt hältst Du mich? Leonie ist Deiner Schätzung zufolge nicht volljährig. Wir wissen bislang nicht, ob noch Kontakt zum leiblichen Vater besteht und von einem Stiefvater war keine Rede. Was wird aus ihr im schlimmsten Fall? Ein Heimkind?«.

»Schritt für Schritt«, mahnt mein Freund. »Es wird um weit mehr gehen als ihr zukünftiges Leben zu planen, wenn wir erst einmal dafür sorgen müssen, dass sie an ihrem Leben festhält«.

Erschüttert und wie erstarrt blicke ich auf einen Engel, der als Schutzsymbol im Flur bei uns seinen Platz fand.

Wir haben nun die heikle Aufgabe Engel zu begleiten.

Den ›Engel Mama‹, der in Zukunft sein Lebensmittelpunkt ›nach oben‹ verlagern muss, weil das Leben genau dies bestimmt.

Den ›Tochter-Engel‹, zurückgeblieben und vorm Zerbrechen stehend, den wir mit ›Pfoten-Kunst‹ hier unten halten und bewahren müssen.

Schon jetzt vermute ich eine aufwühlende Zeit und hoffe, dass neben Tränen auch Hoffnungsschimmer unsere Begleiter sein werden.

Johanna ohne ›ha‹

*L*acht mich der ›Eddy-Banause‹ wieder einmal aus?

»Findest Du die Schule, wenn wir die Strecke zu Fuß zurücklegen?«, wollte ich lediglich von ihm wissen.

Seine anfängliche Irritation weicht dem Schalk, der in seinem Kopf ein Zuhause gefunden hat.

»Angst vorm Busfahren, ›Hosenscheißer‹?«, macht er sich lustig über meine Furcht vor einer geballten Ladung Jugendlicher.

Diesen Triumph gönne ich ihm beileibe nicht.

»Busfahren tangiert mich nicht, nur das Fahren über zahlreiche Kleckerdörfer. Wir wären früher bei Leonie, wenn wir laufen«.

»Ach, Du willst zu Leonie?«, hakt er amüsiert nach und betont, dass wir sie höchstwahrscheinlich überall antreffen, nur nicht in der Schule.

Mir soll es recht sein, dann entfällt der Bus ohnehin.

Eddy und ich verständigen uns darauf, Leonie nicht unter Druck zu setzen.

Sie ist äußerst verletzbar und benötigt zurzeit Momente für sich.

Sie wird von sich aus auf uns zukommen, davon sind wir überzeugt und konzentrieren uns darauf, uns näher über die Arbeit in einem Hospiz und die zu einem Aufenthalt führenden Krankheitsbilder zu informieren.

Auf dem Weg zur Bibliothek ganz in der Nähe begegnen wir einer älteren Frau, die uns bekannt vorkommt.

»Eddy? Schau mal, wir haben sie vor der Einrichtung gesehen. Wer ist sie, finden wir das heraus? Von den Patienten oder Bewohnern ist sie rein optisch weit entfernt«.

Mein Freund ist einfach nicht fähig, auf simple Fragen adäquat zu antworten.

Er handelt, bevor ein Gespräch zustande kommt.

Ich zucke innerlich zusammen, als er die fremde Frau anrempelt.

»Sorry, Madame, ich bleibe ein Tollpatsch, auch wenn ich mit zwei linken Pfoten in meinem Wurf ein Unikat darstelle. Oh, kennen wir uns nicht? Sie sind doch die Pflegedienstleitung aus dem Hospiz«.

Die Frau blickt Eddy freundlich an.

»Diese Position bekleide ich nicht, kleiner Charmeur. Ich bin Krankenschwester. Du bist mir noch gar nicht dort aufgefallen«.

Er zeigt in meine Richtung und berichtet, dass wir die engsten Freunde von Leonie seien.

Selbst wenn er sich das einredet, scheint es Wirkung zu zeigen.

»Leonie ist ein nettes Mädchen und ich wünschte, man könnte ihr einen Teil des Kummers ersparen«, sagt die Frau traurig.

»Bei manchen schlägt das Schicksal immer wieder gnadenlos zu. Wie bei ihr. Zu viel, was sie ertragen muss. Übrigens sind Hunde bei uns erlaubt und leisten einen wertvollen Beitrag, unseren Bewohnern die schwere Zeit zu erleichtern«.

»Nehmen Sie uns mit?«, bin ich von meiner offenen Frage überrascht, bin ich doch der Drückeberger, wenn es um verbalen Austausch geht.

»Du bist ja ein ganz Süßer«, reduziert einmal mehr jemand mich auf mein Äußeres.

»Ich habe heute meinen freien Tag. Lesen ist meine liebste Freizeitbeschäftigung, darum stehe ich hier vor der Bücherei. Was wollt Ihr hier? Keiner wird Euch Zugang gewähren. Soll ich Euch was mitbringen?«.

Eddy erklärt ihr, dass wir Literatur benötigen, um uns mit dem Thema ›Krebs‹ auseinanderzusetzen.

Verständlich, dass sie mitten in der Materie steckt bei ihrer Erklärung, wie viele verschiedene Erkrankungen es in dieser Hinsicht gibt.

Ein Lottogewinn könnte uns nicht mehr freuen als das Angebot, das wir von ihr erhalten.

Seit über zwanzig Jahren als pflegende Mitarbeiterin tätig, könne kein Buch intensiver beschreiben, was schwere Erkrankungen mit den Menschen machten.

Sie sei stolz auf ihre Arbeit und würde uns gern davon erzählen.

Besser kann es nicht laufen.

Draußen wartend, bis sie mit ausgeliehenen Büchern zu uns zurückkehrt, begleiten wir sie voller Spannung zu einer kleinen Stadtwohnung.

Uriges Nest unterm Dachgeschoss, nicht ganz hundegerecht, aber sehr gemütlich.

Ob sie was dagegen hat, wenn ich ihre Couch ausprobiere?

Sie lächelt, als ich ungefragt druff springe und sie erwartungsvoll anschaue.

»Du nicht?«, will sie von Eddy wissen.

Mit einem Satz liegt er dicht neben mir.

Das aufmerksame Zuhören in ruhiger Atmosphäre kann losgehen.

Was für eine tolle Frau sie ist, stellen wir bereits nach den ersten Gesprächshäppchen fest.

Sie heißt Jonna und beginnt mit Erzählungen aus ihrem Leben.

›Johanna?‹ frage ich behutsam, »sprichst Du schön langsam, damit es auch jemand wie ich verstehe?«.

Sie genießt den Beginn einer Unterhaltung.

»Ich heiße nicht Johanna«, sagt Jonna zu mir.

»Gebürtig aus Skandinavien stammend bin ich mit meiner Familie nach Deutschland gekommen. Hier hat man das ›ha‹ fürs Lachen in meinem Namen einfach weggelassen«.

Mit gerade mal dreißig habe sie ihren Mann an diese heimtückische Krankheit verloren, nachdem er über zwei Jahre einen schweren Kampf geführt habe.

Ihre Tochter und sie hätten unsagbar gelitten mit einer stetig ansteigenden Trauer.

Nur ein Jahr später sei die Tochter dem Vater gefolgt.

Ein schrecklicher Unfall mit dem Fahrrad habe Jonna das wichtigste genommen.

Sie sei eine gebrochene Frau gewesen und habe zumindest teilweise Lebensmut reaktiviert, indem sie begonnen habe, sich vermehrt mit Trauerarbeit zu beschäftigen.

Gespräche in Selbsthilfegruppen und nicht zuletzt der Wechsel von einem städtischen Krankenhaus in das Hospiz hätten sie letztendlich stabilisiert.

Für mich schwer vorstellbar, wie man eigene Trauer verarbeitet, indem man sich ständig mit dem Tod konfrontiert.

Ich könnte das nicht, sollte ich Eddy mal verlieren.

Aus finanziellen Gründen habe sie ihr Haus damals verkauft, es sei ohnehin zu groß und leer gewesen.

Seitdem lebe sie - zurückgezogen und bescheiden - in diesem kleinen Appartement und gehe in ihrem Job auf.

Menschen zu begleiten, die es am nötigsten bräuchten, Ansprechpartner zu sein für deren Angehörige, die sich mit vielen Unsicherheiten konfrontiert sähen, sei erfüllend.

Diese Dankbarkeit für ein offenes Ohr und nette Worte ist wie ein dauerhaftes Beschenkt-Werden.

Auf diesem Wege habe sie auch Leonie kennengelernt und sehe in ihr eine Art Tochterersatz.

Ohne Frage tue es verdammt weh, Leonie nicht in jedem Augenblick helfen zu können. Es gebe Tage, an denen sie befürchte, sie könne sich etwas Schlimmes antun, weil sie seit dem Einzug der Mutter ins Hospiz keine Perspektive für sich aufrechthalten könne.

Viel erfahren wir aus erster Hand von der fraglos wertvollen Hospiz-Arbeit, von den Höhen und Tiefen bei der Sterbebegleitung und verschiedenen Erkrankungen, bei denen eine Heilung ausgeschlossen sei.

Je trauriger das Thema wird, umso ruhiger scheint Jonna zu werden. Ich bewundere diese Frau zutiefst.

Wo sie Ausgleich findet, will Eddy wissen.

»Ich sollte mir einen Hund holen«, sagt sie leise.

»Tierhaltung ist vom Vermieter bedauerlicherweise untersagt. Ich gehe wöchentlich in eine Sportgruppe«.

»Turnen hilft beim Abbau von seelisch verursachtem Stress?«, fragt Eddy ungläubig mit einer Skepsis, die Jonna förmlich zu Höchstleistungen bei der Wortwahl anstachelt.

»Sehe ich nach Turnen aus, nur weil ich graue Haare habe und nicht mehr herumspringe wie vor zwei Jahrzehnten? Ich muss Euch enttäuschen. Statt Ringe, die von der Decke hängen steige ich in einen«.

»Was muss man machen als Ringerin?«, werde auch ich neugierig.

Jonna lacht.

»Ihr solltet Euch über Sport informieren, nicht über Krankheiten. Ich boxe leidenschaftlich gern. An Tagen, an denen ich besonders kopflastig in den Feierabend gehe, muss ein Sack herhalten. Es tut gut und macht den Kopf frei, immer wieder auf ihn einzudreschen. Mildere Tage - also die, - die mich weniger belasten, fülle ich mit Schachspielen. Mein Gegner hat fünf Buchstaben und beginnt mit ›K‹. Ich besiege ihn meistens und empfinde es als Rache für den frühen Tod meines geliebten Mannes«.

Schachspielen blende ich aus, aber Boxen? Viel, aber nicht das hätte ich ihr zugetraut, imposant.

Ich schaue zu einem Bild an der Wand.

Das ist doch Jonna?

Eddy folgt meinem Blick und will wissen, wie sich ein Fallschirmsprung anfühlt.

Diese Freiheit im fessellosen Flug durch die Luft ist das Zweitschönste in der Natur.

Nur der Bungeesprung zu ihrem fünfzigsten Geburtstag konnte es toppen.

Eine Stärke, die aus ihren Worten spricht, wird kurzzeitig unterbrochen, als sie dann doch zu weinen beginnt.

»Ich bin keine harte, schon gar nicht verbitterte Frau. Das Leben hat mich nicht versteinert, ganz im Gegenteil. Bis ich meiner

Familie folge, möchte ich Gutes tun aus dem Wissen heraus, wie sich Schmerzen anfühlen. Diese, gegen die keine Medikamente helfen. Leonie hat großes Glück, Freunde wie Euch zu haben. Was gibt es Wertvolleres?«.

Ein schlechtes Gewissen müsste uns quälen ob der Tatsache, dass wir uns einfach dazu ernannt haben.

Leonie kennt uns ebenso wenig wie umgekehrt.

Eine Richtigstellung zerstört allerdings diesen kostbaren Nachmittag an der Seite einer bemerkenswerten Frau.

Ich genieße diese Faszination, die ich für Jonna empfinde und die mich vollends ausfüllt.

Mein Mund wird immer trockener, allerdings verzeihe ich ihr, dass sie nicht an Trinken für uns gedacht hat.

Sie besitzt keinen eigenen Hund und bevor sie uns Milch anbietet, schlage ich Eddy vor, dass wir langsam aufbrechen.

Ich gebe zu, dass ich bei ihrem ›Bis bald‹ innerlich Luftsprünge mache.

Himmlische Feier

Eiskalt erwischt uns eine weibliche Stimme, als wir an dem Ort angekommen sind, an dem Julian ›lebt‹.

»Bin ich nirgends vor Euch sicher?«

Wir hatten nicht mal eine Vorahnung, Leonie ausgerechnet hier anzutreffen, überdies war der Weg beschwerlich und strapaziös.

Unter anderen Umständen würde Eddy den ›Leviten-Leser‹ raushängen lassen, doch bei diesen sensiblen Themen, die wir uns zum Begleiter gemacht haben, entscheidet er sich offensichtlich für strenge Zurückhaltung.

Retrospektiv fand ich seine bisherigen Standpauken allerdings eher hilfreich als kontraindiziert und wechsele einfach kurzzeitig das Fell, um Eddy alle Ehre zu machen.

»Woher sollten wir wissen, dass Du hier bist, einem Ort ohne Leben? Stecke Deine Energie zur rechten Zeit in Wichtigeres. Deine Mama lebt und wartet vergeblich auf Dich, wenn Du Dich verdrückst, einzig um uns zu suchen«.

Aua.

Eddy boxt mir in die Seite.

›Ungehobelter Klotz‹ oder gleichermaßen höre ich. Verletzend, dass es von meinem Freund, nicht von Leonie kommt.

Sie hingegen lächelt mich spöttisch an.

»Du kleine, süße, unwissende ›Plapper-Schnute‹ hast es einfach nicht drauf. Wenn einer den Grund nicht kennt, warum ich hier bin, dann jemand analog zu Dir. Nun gut, folgt mir. Ohne meine Hilfe hättet Ihr Julian ohnehin nicht gefunden. Schließlich kann man ihn nicht rufen«, sagt sie augenzwinkernd in meine Richtung.

Sie ist dünner geworden, finde ich.

Ob sie gut auf sich aufpasst?

Eine aufreibende Zeit verlangt nach vermehrter Selbstfürsorge.

Wir laufen ihr einen langen Sandweg hinterher.

Es gelingt mir kaum, meinen Blick von all den Felsbrocken abzuwenden.

Ein Stein erinnert an einen Menschen, der eine wichtige Rolle auf der Erde gespielt hat?

Nur ein Stein?

Gut, viele sind umgeben von Blumen und Engeln, aber darunter liegen sie, die schmerzlich vermisst werden!

Warum kann ich nicht losbuddeln und sie zurückholen?

Trauriger werde ich, je länger wir laufen. Ich habe mit dem Thema Tod ein Riesenproblem. Das kann ich Eddy doch nicht sagen, schon gar nicht vor Leonie.

»Wir sind da. Darf ich Euch vorstellen? Julian? Das sind die irrwitzigsten Hunde, die mir je begegneten«.

Leonie entdeckt meine Tränen.

»Nein, weine nicht. Zum Trösten fehlt mir heute die Kraft«, bittet sie inständig.

Mo reiße dich zusammen, sage ich mir und schaue auf einen bunten Stein.

Alles hier wirkt höchst lebendig, mit Stofftieren, üppigen Farben und einem Foto, das einen kleinen lachenden Jungen abbildet.

Unerwartet umgibt mich Wärme.

An diesem Ort lebt die Liebe und rein gar nichts scheint vergangen.

Leonie kniet sich hinunter und spricht mit ihrem kleinen Bruder, als sei sie mit ihm allein.

Sie grüßt ihn von der Mama, die leider nicht selbst kommen konnte.

Ich muss schlucken und wende kurzzeitig meinen Blick ab.

Diese Stätten hier sind alle kleiner als die, an denen wir vorübergezogen sind und prachtvoll farbig geschmückt.

Hier ›leben‹ die Kinder?

Erinnert ein bisschen an diese hübsch geschmückten Vorplätze von Kitas, die ich liebe, weil sie von den ersten Kreativ-Sprüngen der Kleinen erzählen.

Bevor ich in meine eigene Welt abtauche, reiße ich mich am Riemen und gucke zu Eddy und Leonie.

Sie kramt aus einem mitgeführten Stoff-beutel diverse Dinge hervor und beginnt Luft-ballons aufzublasen.

»Er hätte heute Geburtstag«, löst Eddy meine Irritation auf.

»Da, das Datum«.

Am Lesen scheitere ich grundsätzlich und vertraue auf das, was ich sehe.

Leonie hängt viele - gute Stimmung ver-breitende - ›Smiley-Ballons‹ seitlich neben das Bild von Julian und stellt einen Kuchen direkt davor.

Zwölf Kerzen zieren diesen und werden - begleitet von einem Lied, das Leonie für ihn singt, - entzündet.

Wenn ich mich auch sonst viel zu schnell beeindrucken lasse, besitzt dieser Moment eine andere Qualität.

Ein Friedhof, Ort der Stille, umfunktioniert zu etwas Lebendigem, als wäre Julian tatsächlich dabei.

Wie nur gelingt Leonie, Melancholie durch Freude zu ersetzen und einen mitzureißen?

Als sie sich zu uns umdreht, sehe ich ihre feuchten Augen, die aber alles andere als Traurigkeit ausdrücken.

Müssen wir ein schlechtes Gewissen haben, ihr diesen Moment nicht für sich gegönnt zu haben?

»Komm Eddy, wir haben genug Grenzen überschritten. Leonie möchte mit Julian feiern«.

Es erstaunt mich, dass entgegen meiner Erwartung nicht Eddy, sondern Leonie antwortet.

»Schicksal?«.

Fragend guckt sie uns an.

»Ist es Schicksal, dass Ihr ausgerechnet an dem Tag in den Bus gestiegen seid, als ich entgegen meinen üblichen Gewohnheiten nicht zu Fuß gegangen bin? Ist es Schicksal, dass Ihr auf Jonna getroffen seid, obwohl sie fast rund um die Uhr arbeitet und sich selten außerhalb des Hospizes aufhält? Sie hat mir von Eurer Begegnung berichtet. Ist es Schicksal, dass Ihr ausgerechnet am Geburtstag von Julian das

Gefühl hattet, hierherkommen zu müssen, um ihn zu besuchen?«.

Stille zwischen uns drei, ohne dass sie beklemmend wirkt.

Leonie spürt, dass uns die Worte fehlen und unterbricht das Schweigen.

»Ich kann Euch nichts versprechen. Mein ganzes Leben musste ich kämpfen, was dazu führte, lieber allein für mich zu sein. Ich bin ein Einzelkämpfer, falls Ihr damit was anfangen könnt. Es kostet Kraft. Ist sie aufgebraucht, entlädt es sich wie ein Sturz meist in den Abendstunden in meinem Zimmer. Ich weine diese Traurigkeit raus, bis ich erschöpft einschlafe. Jonna meinte, was für tolle Freunde ich habe. Ich hatte nie welche und möchte auch keine, die ich irgendwann auch hier in der Nähe von Julian besuchen muss. Das Leben gibt, doch nimmt es mir viel mehr. Ich vertraue nicht darauf, dass es sich ändert. Ihr seid Hunde und habt eine noch viel geringere Lebenserwartung als wir Menschen, unabhängig davon, ob wir gesund bleiben. Wollt Ihr wirklich, dass ich mich in ferner Zukunft vor

Erde hocke, stille Dialoge mit Euch führe und wieder ganz allein zurückbleibe?«

Abgesehen davon, keine adäquate Antwort formulieren zu können, sind Eddy und ich uns einig, dass wir ein Stück des Weges mit ihr gehen werden.

Sie muss es zulassen und ist weit entfernt davon, als wir beobachten, wie sie ihre Sachen zusammenkramt, aufsteht und sehr schnell verschwindet, als möchte sie ausschließen, dass wir ihr folgen.

›Tabaluga‹

Viele Wochen sind vergangen, in denen Leonie nicht mehr unseren Weg kreuzte.

So viel zum Thema Schicksal.

Müsste es uns nicht wieder zusammenführen, ohne dass wir einen gezielten Plan verfolgen?

Sicher könnten wir die Orte aufsuchen, an denen wir sie vermuten.

Oder Jonna einen Besuch abstatten.

Es widerstrebt uns und ist nicht das, was wir wollen.

Eddy verbürgt sich dafür, dass wir sie treffen, wenn wir nicht damit rechnen.

In dem Sinne füllen wir unsere Zeit mit Gedankentiefe und Bastelarbeiten.

Julians Geburtstag ist vorbei, doch benötigen wir einen speziellen Anlass, um zu geben?

Ich ziehe ›Tabaluga[1]‹ hervor, diesen kleinen grünen Drachen, den ich zu meinen Lieblingsstofftieren zähle.

Nie hätte ich für möglich gehalten, dass ich mich von ihm trenne.

Ich erinnere die Episode ›Tabaluga und das verschenkte Glück‹.

Meine Kuschelfetzen stellen allesamt Sinnbilder dar, sodass ich mich nie alleine und unbeschützt fühle.

Das qualifiziert ›Tabaluga‹ für Julian.

Er kann sich nachts nicht unter einer Decke verstecken, wenn er sich wegstehlen will und ist in der Dunkelheit einsam und auf sich gestellt. Er braucht einen Freund, den ich ihm geben werde.

Mit viel Liebe zimmert Eddy einen Kasten, der den kleinen Drachen vor Nässe schützt.

Unzufrieden beurteile ich jegliche Bemühungen als trist.

Ein grüner Knirps hockt inmitten von Holz. Mein Kumpel wäre nicht der ›Vater guter

---

[1] https://de.m.wikipedia.org/wiki/Tabaluga

Ideen‹, wenn er keinen Vorschlag zur Verbesserung hätte.

Unterdessen sitze ich neben dem Rohbau und warte, bis Eddy mit Geeignetem zurückkommt.

In der oberen Etage unseres Hauses klimpert es, mehrfach fallen Dinge um und ich höre ihn über die Unordnung schimpfen, die unsere Frauchen regelmäßig hinterlassen.

Muss ich befürchten, dass er es ist, der diese gerade verursacht?

Ein bisschen leiser könnte er sein, auch wenn die Großen gerade zum Shoppen und damit außer Reichweite sind.

»Hier«, ruft er stolz. »Julian bekommt das schönste Licht«.

Ich schaue auf die LED-Lichterkette in seinen Pfoten und beiße die Zähne zusammen.

»Eddy, das können wir nicht bringen. Das ist das Herzstück unserer ›Mamas‹. Erinnere Dich, wie glücklich sie waren, als sie das Stück ergattern konnten, obwohl es das so selten zu kaufen gab«.

»Deine Bedenken nerven«, sagt er kühl.

»Ich würde sie um Erlaubnis bitten, aber sie ziehen es immer wieder vor, alleine das Haus zu verlassen. Pech«.

Seine Reaktion ist echt schroff.

Unser Zuhause ist mein Heiligtum und ich will niemanden verärgern oder – noch unerträglicher – verantwortlich sein, dass sie down und gebrochen sind, wenn sie das Fehlen entdecken.

Ist es ihm gleichgültig, was der Verlust der Lieblingsdekoration bei unseren liebsten Menschen auslöst?

Ich kehre ihm den Rücken zu und lasse ihn stehen.

Die einzige Chance, mit der ich es schaffe, ihn umzustimmen.

Fest überzeugt, dass er das Lichtobjekt an seinen gewohnten Platz zurücklegt, ›Tabaluga‹ schnappt, um ihn mir zu bringen und sich für sein Verhalten zu entschuldigen, ziehe ich mich ins warme Körbchen zurück.

Lange liege ich nicht wach und träume von besseren Zeiten für alle Menschen.

Forscher entdecken eine ›Pille gegen Krebs‹, Kinder leben glücklich an der Seite ihrer Eltern, bis sie selber altern und in meiner Fantasie finden Trennungen, Streit und Schmerz keinen Raum.

Wach werdend reibe ich mir die Augen. Weder ›Tabaluga‹ noch Eddy sitzen neben mir, was mich auf seltsame Weise nervös macht.

Auf leisen Pfötchen schleiche ich mich runter und sehe von Weitem, wie Eddy zwischen unserer Familie stolz vor dem Geschenk für Julian sitzt.

›Tabaluga‹ ist hell erleuchtet in seinem neuen viereckigen Zuhause.

Diese Lichterkette kann zaubern, denn mein kleiner Drache sah nie zuvor so schön aus.

Den Zwischenraum hat mein Freund mit Watte ausgefüllt und die Kiste mit einer Glasscheibe geschlossen.

Hat mich jemals etwas mehr ergriffen als dieser Moment? Würde ich ihn sprengen, wenn ich mir das erschaffene Highlight aus der Nähe anschaue?

Eddy muss mitbekommen haben, dass ich greifbar nah bin und stürmt auf mich zu.

»Mein liebster Mo. Schau nur - atemberaubend ist es geworden. Zugegebenermaßen konnte ich bei der Glasscheibe auf fremde Hilfe nicht verzichten und wäre spätestens am Batteriewechsel gescheitert«.

Er kuschelt sich mit seinem Kopf an meinen Körper und bemerkt mein Herzrasen.

»Entspann Dich, alles ist gut«.

Schuldbewusst blicke ich rüber zu unseren Frauchen, die womöglich nicht böse auf uns sind.

Statt befürchteter Strafe werden Eddy und ich in den Arm genommen.

Was ich dann höre, bringt mich zum Weinen.

»Seelenleben gleich Seelengeben? Mo, was bist Du nur für ein besonderes Wesen. Du fürchtest, uns traurig zu machen, weil wir unseren Lichtzauber hergeben, während Du Deinen ›Tabaluga‹ verschenkst. Eddy hat uns die ganze Geschichte erzählt. Diese war der einzige Grund für Tränen. Was nur muss diese Familie ertragen? Julian stand am Anfang seines Lebens. Eine Tragik, für die man keine Worte findet. Was dagegen sind Dinge, die käuflich sind? Wir sind stolz auf Euch, wie selbstlos und mit welcher Hingabe ihr Seelen wärmt. Wir begleiten Euch zu Julian und übernehmen künftig den Batteriewechsel, selbst wenn Eddy meint, diesen nun durch Zugucken zu beherrschen. Während Ihr anderen guttut, tun wir dasselbe für Euch«.

Habe ich mich je besser verstanden und intensiver geliebt gefühlt?

Als ›Spezial-Einheit‹ sind wir wenig später auf dem Weg zum Friedhof.

Vor Julians Foto stehend entgeht mir nicht, wie die Kindergräber unsere Frauchen erschüttern.

Erinnert an unseren ersten Besuch, auch wenn man sich an so einen Anblick nicht gewöhnen kann.

Unbeschreiblich dieser Moment, als wir Tabaluga abstellen und alles in hellem Licht erstrahlt.

Neben mir höre ich Eddy singen.

›Ich fühl wie Du‹ erkenne ich schon nach der ersten Textzeile und stimme mit ein, kurz darauf begleitet von unseren ›Mamas‹.

Dieser Augenblick gehört nur uns und Julian.

»Schaut mal der Zettel«, weist Eddy in die Richtung des Gedenksteines.

»Fremde Post lesen ist unter Strafe gestellt«, stoppe ich seine Euphorie.

»Nicht aber, wenn die Zeilen an Euch gerichtet sind«, hören wir die Stimmen unserer Frauchen, die das Blättchen abnehmen und laut vorlesen.

Lieber Eddy, lieber Mo.
Die letzten Wochen ohne Euch waren leer.
Bedauerlich, dass ich nicht weiß, wo ich Euch finde.
Manchmal muss man dem Schicksal nachhelfen und ich ahne, dass Ihr Julian nicht vergessen könnt.
Sollte er Besuch von Euch erwarten, darf ich nicht versäumen, Euch wissen zu lassen, dass meine Mama Euch unbedingt kennenlernen möchte.

Viel habe ich ihr von unserer Begegnung
erzählt und sie brennt vor Neugier. Leider
bleibt ihr nicht mehr endlos Zeit und wir
hoffen, Euch schleunigst zu sehen.
Euer Zankteufel L.

Kann man Glück sehen oder bilde ich mir ein,
dass über unseren Köpfen jeweils ein
leuchtender Stern erkennen lässt, was diese
Worte mit uns machen?

Mama mit Herz

Keine Zeit verlieren wir und starten am nächsten Nachmittag direkt zum Hospiz.

Verstörend wäre es für Leonies kranke Mama, wenn wir zu viert dort erscheinen, erklären uns unsere Frauchen ihre Zurück-haltung.

Sie vertrauen uns, dass wir Gefahren aus dem Weg gehen und auf uns aufpassen.

Aufgeregt frage ich mich, wie wir auf die Mama wirken?

Wird sie anfangs fremdeln, wie ich es von mir kenne?

Was sagt man jemandem, den man zuvor nie begegnet ist?

Hat sie Ähnlichkeit mit ihrer Tochter? Das würde bedeuten, sie trägt Fell auf den Zähnen.

Müssen wir anders mit ihr umgehen als mit Gesunden?

Verunsichert bin ich durch alles, was wir von ihr eben nicht wissen.

Besitzt ein Mensch noch ein Herz, wenn es zahlreiche Male gebrochen wurde? Von einem ›Narbenherz‹ war irgendwo einmal die Rede.

Ob in Eddy auch so viele Überlegungen Rollen schlagen?

Gestoppt werden meine Gedanken erst, als wir direkt vorm Gebäude stehen.

»Wie kommen wir hinein, Eddy?«.

»Die Glastür öffnet automatisch, sobald man davorsteht.

So habe ich es kürzlich beobachtet«.

Voller Tatendrang springe ich auf die große Fußmatte, doch die Tür bleibt zu.

Eddy lacht und meint, dass ich künftig mehr essen müsse, um ein Gewicht zu erzielen, das etwas bewirken könne.

Sehr witzig.

Soll er es doch besser machen.

Für ihn Platz gemacht, scheitert er ebenso. Selten habe ich mich ausgelassener amüsiert über diese ›Großgusche‹.

»Wenn Du Deinen Triumph ausgekostet hast, komm her. Gemeinsam wiegen wir mehr«.

Irre ich mich oder bittet er gerade um meine Hilfe?

Stell Dir vor, er gibt zu, ohne mich nichts zu sein.

Wir stehen Seite an Seite vor dem Eingang, hingegen rührt sich das Glas keinen Millimeter auseinander.

Wütend boxen wir dagegen, springen mehrfach hoch, doch außer einigen Verletzungen bekommen wir keinen ›Hunde-Bonus‹.

Bis sich – wie von Geisterhand – die Tür von innen öffnet und wir Jonna gegenüberstehen.

Jaja, sich das Lachen zu verkneifen muss schwer sein und wir hören, dass sie das Spektakel minutenlang beobachtet hat.

Na toll.

Sie hatte es in der Hand, es zeitiger zu beenden und uns zu erlösen, aber scheinbar lieben Menschen Hässliches, was ihnen den Alltag versüßt.

›High Five‹ streckt sie uns die Hand entgegen.

Ihren Mangel an Hundeerfahrung kennen wir bereits. Auf Kommando werden schon mal gar keine Pfötchen gegeben.

Hinzu kommt, dass wir uns in einer Pandemie-gelenkten Zeit befinden und Händeschütteln strikt untersagt ist. Das müsste sie als Krankenschwester eigentlich wissen.

Entsetzt stelle ich fest, dass Eddy es auch nicht so genau mit den Hygienevorschriften nimmt, als er ihr seine Pfote auf die Hand klatscht.

Idiot, komm mir nachher nicht zu nah, Du ›Keimschleuder‹.

»Nicht gut drauf, der ›bockige Herr‹? fragt Jonna süffisant.

Dass sie mich meint, ist mir klar, aber das ›Bockig‹ hätte sie getrost weglassen können.

»Macht hin«, entgegne ich, »wir sind nicht zum Quatschen hier«.

Eddy und sie amüsieren sich.

Wann lerne ich, gewisse Dinge an mir abprallen zu lassen?

Mehr böse auf mich selbst als auf die ›Laune-Kipper‹ gucke ich mich um.

Wirklich schön gestaltet ist dieses Foyer.

In einem Riesen-Aquarium schwimmen atemberaubende Fische, von der Decke hängen Traumfänger und viele Engel zieren einen Tresen und kleine Tische in den zahlreichen Sitzecken.

An diesem Ort lauert niemals der Tod.

Friedlich, wie das auf mich wirkt, hat es den Charakter einer Erholungsstätte.

Durch eine mir bekannte Stimme werde ich zurück in die Welt der Tatsachen geholt.

Leonie steht mit verschränkten Armen an einen Türrahmen gelehnt und freut sich sichtlich über unseren Besuch.

»Lesen könnt Ihr gut«, stellt sie fest.

»Glaubt Ihr jetzt an Schicksal?«.

Ich laufe auf sie zu, dicht gefolgt von meinem Freund, der sich spontan anschließt.

Bemerkenswert, dass er sich von Jonna lösen konnte.

Als Leonie sich bückt, drücke ich ihr einen Kuss auf die Wange.

»Hygienevorschriften?«, erklingt Eddys Stimme.

Warum setzt er Dinge gegen mich ein, die ich unter anderen Gesichtspunkten sehe?

Angesichts des freudig ausfallenden Wiedersehens lasse ich mich nicht provozieren.

Auch Eddy verteilt Liebesbekundungen.

Doch wo ist ihre Mutter?

»Schön, dass Ihr hergekommen seid. Heute früh war ich bei meinem Bruder. Mir blieb die Spucke weg. Das hat nie jemand sonst in meinem Leben für uns getan. Selig erkannte ich den fehlenden Zettel und kenne Euch gut. Ich wusste, dass Ihr keine Zeit verliert und heute hier aufschlagt«.

»Geschlagen worden sind wir nicht - nur nicht gleich hereingekommen«, berichte ich ihr von unserem missglückten Versuch, genug Gewicht zu erzeugen.

»Ich habe es gesehen«, schmunzelt sie.

Sind wir bei ›Versteckte Kamera‹?

Unglaublich, dass jeder unsere Hilflosigkeit beobachtet und nicht geholfen hat.

Ich schiebe Eitelkeiten beiseite. Schließlich ist dies ein besonderer Tag.

Eddy fragt Leonie nach ihrer Mama und wir erfahren, dass sie einen nicht so guten Tag erwischt hat. Ihr Wunsch, das Bett nicht zu verlassen, steht einem Kennenlernen dennoch nicht im Weg.

»Ich habe Euch vorhin aus dem Fenster kommen sehen. In den letzten Tagen verlor Mama aufgrund starker Schmerzen immer mehr ihr Lachen, das sie heute wiederfand. Sie freut sich auf Euch«, winkt uns Leonie hinter sich her.

Da liegt sie.

Mit Entsetzen stellen wir fest, dass die Wochen, die vergangen sind, seit wir sie das erste Mal von Weitem sahen, aus einer kranken eine sterbende Frau gemacht haben. Dem ungeachtet ist ihr Lächeln präsent, als habe sie gerade von ihrer Genesung erfahren.

Bei dem Versuch, sich aufzurichten, zwingt sie die Kraftlosigkeit zurück in die Kissen.

Schwer, es mitansehen und aushalten zu müssen, für Leonie sicher noch viel schwerer als für uns.

Leonie schnappt uns – viel sanfter als zuvor – und setzt uns auf den Bauch ihrer Mama. Diese zärtlichen Hände, die sich in unserem Fell verlieren, werde ich zeitlebens ebenso wenig vergessen wie das Leuchten in den Augen dieser tapferen Frau.

»Ich bin Ann-Kathrin und habe durchgehalten und gekämpft, um die zwei kennenzulernen, die meine Tochter in einer Art beeindrucken, wie es zuvor niemand geschafft hat«.

Hinter uns höre ich Leonie weinen.

Auch mir ist danach zumute, muss aber Stärke beweisen, jedenfalls für diesen wichtigen Moment.

Wir schmiegen uns eng an Ann-Kathrins Brust.

»Ihr Herz bumpert«, flüstere ich. »Das ist ein gutes Zeichen, Eddy«.

»Gerade schlägt es für Euch« reagiert Ann-Kathrin. »DAS ist ein gutes Zeichen«.

Leonie sitzt derweil am Bettrand, auch ihre Hände streicheln uns unaufhörlich.

Wir hören, wie sich die beiden unterhalten. Leonie hätte ihrer Mama nicht Zuviel versprochen, wir seien wirklich bemerkenswerte ›Pfoten-Schnuckerl‹.

Könnte ich nur die Zeit anhalten.

Die Frist dieser tollen Frau kann längst noch nicht abgelaufen sein.

Leonie braucht sie mehr als alles andere auf dieser Welt.

Auf ihrem Nachttisch steht ein Foto im goldenen Rahmen. Eins aus glücklichen Tagen.

Ann-Kathrin sieht ganz anders darauf aus. Lange blonde Haare, eine Sonnenbrille im Haar, mit weiblicher Figur und bildschön.

Im Arm hält sie Julian und an der Hand Leonie.

Das Bild einer gesegneten Familie aus einer Zeit vor dieser.

Das darf noch nicht vorbei sein.

Ich realisiere, dass die Frau, die vor uns liegt, einen schrecklichen Anblick spiegelt.

Das Leben scheint aus ihr verschwunden wie der Junge auf ihrem Arm.

Wie verkraftet das ein junges Mädchen wie Leonie?

Als diese kurz das Zimmer verlässt, um Getränke zu holen, verspreche ich Ann-Kathrin, dass wir auf ihre Tochter aufpassen werden und spüre ihre grenzenlose Dankbarkeit.

»Ich fühle mich schuldig«, sagt sie leise, »dass ich Leonie auch noch alleine lasse. Habe ich bis vor Kurzem das böse Schicksal verflucht, danke ich Gott, dass das gute Euch in Ihr Leben gebracht hat. Meine Leo lässt sich schwer bis gar nicht auf andere ein, bis sie mir von einem Shih Tzu und einem West Highland White Terrier berichtete, die ihr ein gutes Gefühl vermittelten. Erst dachte ich an ein Hirngespinst, bis Jonna Eure Existenz bestätigte und die gleichen besonderen Worte für Euch fand wie Leo. Lasst sie nicht so schnell allein, auch wenn sie es einem nicht immer leicht macht und Übung hat im Loslassen«.

Ich denke über Jonna nach und kann mit an Sicherheit grenzender Wahrscheinlichkeit behaupten, niemals ihren Job machen zu können.

Innerhalb kürzester Zeit ist mir diese Frau ans Herz gewachsen, sodass Sterbebegleitung das Letzte wäre, was ich für Sie tun möchte.

Mag sich dieser Nachmittag verdammt traurig anhören, ist es doch einer der schönsten Begegnungen, auf die ich bisher zurückblicke.

Ann-Kathrin wärmt mit Worten und einer Ausstrahlung, die trägt.

Leonie kommt zurück ins Zimmer und hat auch uns nicht vergessen. Tee, Kaffee und Kuchen für die Großen, Wasser für uns.

Dass sie Leckerlis hinlegt, erkläre ich mir mit Ihrer Intuition, uns heute hier zu sehen.

Nach dem kleinen Imbiss gelingt es Ann-Kathrin dann doch noch, sich an den Tisch zu setzen, an dem sie mit ihrer Tochter Karten spielt.

Eddy, auf dem Bett hinter Ann-Kathrin sitzend, gibt Ratschläge.

Da ich bei dem Spiel streike, weil ich die Spielregeln gänzlich missverstehe, entscheide ich mich für den Platz auf Leonies Schoss und verrate die Karten an Eddy, der nun viel besser agiert.

Die Mama gewinnt und wir feiern sie mit ihrer Tochter gemeinsam, die natürlich nicht naiv ist und auch ein gutes Gehör besitzt, sodass sie unsere Hilfe für die andere Seite stillschweigend hinnimmt.

Nicht zuletzt, weil sie glücklich ist über den Verlauf der letzten Stunden und das wiedergewonnene Strahlen im Gesicht ihrer geliebten Mama.

Dunkelheit

*L*ange zehren wir von dem schönen Tag bei Ann-Kathrin.

Womit können wir ihr eine Freude bereiten, ohne unberücksichtigt zu lassen, dass sie nicht mehr wirklich viele Dinge benötigt?

Allein bei dem Gedanken zieht sich mein Magen zusammen.

Blumen sind vergänglich wie das Leben.

Von einer Vorliebe für Schokolade ist uns nichts bekannt.

Ein Foto von Eddy und mir empfinde ich als beste Wahl. Bei dem Geschenk für Julian haben wir künstlerisches Talent bewiesen. Ob uns das ein zweites Mal gelingt?

Wir scheitern an einer guten Idee, bis sich unsere ›Mamas‹ einmischen.

Nicht nur einmal haben sie uns bei Herzensangelegenheiten ihre Hilfe angeboten, die wir auch in diesem Fall benötigen.

Ich erinnere mich, dass Ann-Kathrin unheimlich friert, was sie mit mir gemeinsam hat.

Wärmflaschen erhält sie allerdings von den pflegenden Mitarbeitern. Nichts, womit wir ihr Herz wärmen.

Bis eine unserer ›Mamas‹ von Fotogeschenken erzählt, die sie hin und wieder im Internet mit eigenen Bildern und tollem Ergebnis fertigen ließ.

Gebannt sitzen wir vier vor dem Monitor und suchen nach geeigneten Porträts.

Bei einem schreien Eddy und ich zeitgleich »das ist es«.

Es zeigt ihn und mich an einem See. Wir lieben dieses Bild.

Schnell wird eine Wolldecke gewählt, das Foto hochgeladen und in den Warenkorb gelegt. Die nächsten fünf Werktage bis zur angekündigten Lieferung werden uns endlos vorkommen.

Bereits am nächsten Tag rennen wir dem Postboten entgegen, der leider nichts für uns in der Hand hält.

Diese Enttäuschung wiederholt sich am nächsten Morgen, was unseren Frauchen inzwischen wehtut.

Sich in Geduld zu üben, wer hat sich das ausgedacht?

»Eddy? Morgen und übermorgen schenken wir uns den Weg zum Briefkasten. Tag fünf wird kommen«.

Mein Freund nickt.

Für den nächsten Tag ist ein familiärer Ausflug geplant, der uns ablenken soll. Zu diesem kommt es nicht, als unsere Frauchen wedelnd mit einem Paket in der Hand auf uns zulaufen.

»Guckt - schneller als gedacht«.

Eddy reißt ihnen den Karton aus der Hand und rupft ihn mit der Schnauze auf, bis eine wunderschöne Decke zum Vorschein kommt.

Wow, den Blick abzuwenden gelingt recht schwer.

Wie kommen wir aus der Nummer Familienausflug heraus, ohne jemanden zu enttäuschen?

Sieht man mir wirklich an, was in meinem Kopf passiert?

Ohne nur ein einziges Wort ausgesprochen zu haben, schlagen unsere Mamas einen Planwechsel vor und erklären, notwendige Gartenarbeit nicht länger aufschieben zu können.

Ihre Motivation und ihr dahinterliegendes Wohlwollen beweisen sie nicht das erste Mal, wofür wir sie noch mehr lieben, wenn das möglich ist.

So kommt es, dass wir am Nachmittag das Hospiz aufsuchen.

Die Prozedur mit der Schiebetür wollen wir uns diesmal ersparen und warten, bis ein Besucher das Gebäude verlässt und wir hineinhuschen können.

Eddy wird von vielen angeschaut, weil er das Geschenk gut verpackt an einem Bindfaden im Maul hinter sich herzieht. Auch wenn die dabei entstehenden Geräusche einige stört, tangiert ihn das keineswegs.

Wo befand sich doch gleich das Zimmer von Ann-Kathrin?

»Wir müssen da rüber, dort stand letztens Leonie«, winke ich Eddy hinter mir her.

Viel zu optimistisch war ich beim Planen unseres Besuches, in meinen Vorstellungen spielten Fahrstuhl und Treppen sowie hohe Türklinken keine Rolle.

»Schau, Eddy, da kommt Jonna. Sie schickt der Himmel«.

Freudig springen wir ihr entgegen, bis wir auf dem halben Weg wie angewurzelt stehen bleiben. Ihr Blick wirkt düster wie der Himmel bei einem Wolkenbruch.

Bevor wir zu Ann-Kathrin gehen, müssen wir für Jonna da sein, das ist uns in diesem Moment klar.

»Jonna?«, rufe ich, bevor sie macht als würde sie uns nicht sehen.

»Wir haben Dich vermisst. Ist alles gut bei Dir?«.

Sie kommt auf uns zu, kniet sich herunter und sieht das Geschenk in Eddys Schnute.

Mittlerweile ist die Umverpackung dem holprigen Transport zum Opfer gefallen, wodurch die Wolldecke gut sichtbar unsere Köpfe zeigt.

Jonna schluckt.

Mit Tränen in den Augen streichelt sie uns.

»Ann hätte sich sehr gefreut, so wie sie immer gefroren hat«.

»Hätte? Warum verdammt sprichst Du, als wäre sie nicht mehr bei uns?«, fragt Eddy längst in der traurigen Gewissheit, dass das Schreckliche passiert ist.

»Seit Eurem Aufeinandertreffen sprach sie ununterbrochen von Eddy und Mo. Sie war ganz vernarrt in Euch. Ihre letzten Tage waren schmerzerfüllt, nicht mal ihre geliebte Ergotherapie konnte sie wahrnehmen. Es war eine Erlösung, als sie friedlich einschlief«.

»Weck sie auf. Bitte«, flehe ich verzweifelt.

»Unser Geschenk hilft ihr, schneller gesund zu werden«.

Im Grunde weiß ich, dass ich Unmögliches verlange, doch zu akzeptieren, sie nur ein einziges Mal gesehen zu haben, ist unerträglich.

Weder Eddy noch Jonna reagieren.

Meine Beine zittern, mein Herz rast, bis alles um mich herum schwarz wird.

»Mo, wach auf«, höre ich wie unter einer Käseglocke.

Durch einen Schleier sehe ich meinen Freund und Jonna, die mit einer Hand sanft gegen meine Wangen klopft.

»Er kommt zu sich«, höre ich sie erleichtert zu Eddy sagen und bin glücklich, den schrecklichen Moment nur geträumt zu haben.

Ich liege auf dem Bett eines mir bekannten Zimmers.

Wir sind bei Ann-Kathrin.

Schlagartig wird mir beim Blick auf den offenstehenden leeren Kleiderschrank, Fehlen des Fotos auf dem Nachtschränkchen und einem Bett ohne Decken klar, dass es bittere Wahrheit bleibt.

»Du warst ohnmächtig, Mo. Trinke das Wasser hier in kleinen Schlucken«, bittet mich Jonna.

Ich hingegen ertrage die Situation einfach nicht, springe vom Bett und laufe aus dem Zimmer. Wehe einer folgt mir, ich muss jetzt allein sein. Eure Fürsorge um mich in allen Ehren.

Auf die Weise, wie wir in dieses Gebäude reinkamen, finde ich heraus, laufe kreuz und quer über den Asphalt, bis ich in einem Vorstadtgarten einen Teich entdecke.

Stumm setze ich mich ins Gras und beobachte Fische, die dort ihre Kreise ziehen. Zum ersten Mal in meinem Leben verspüre ich keine Panik, mich verlaufen zu haben.

Alles wirkt so klein und unbedeutend gegen den Schmerz in mir.

Eine Frage hämmert in meinem Kopf.

Wenn schon ich mich derart schwertue, diesen sinnlosen Tod einer besonderen Frau zu verkraften, wie sieht es in Leonie aus?

»Leonie?«, schreie ich heraus, »mein Gott, Leonie«.

Mir wird schlagartig bewusst, völlig ausgeblendet zu haben, dass es einen Menschen gibt, den dieser schmerzliche Verlust am härtesten trifft.

»Wir müssen nach ihr suchen«.

Eine Pfote legt sich auf meinen Rücken und ich weiß, dass ER gekommen ist, der einzige, den ich brauche, um wieder aufzustehen.

Mein Kreislauf spielt weiterhin verrückt und dicht gedrängt an meinem Kumpel, der mich hält und stützt, führt der erste Weg erst einmal nach Hause in die Obhut unserer ›Mamas‹.

Sie können schwer begreifen, was sie hören. Sonst ›Trost-Experten‹, die immer einen Zugang zu uns finden, prallen ihre Worte an mir ab.

Tränen sammeln sich in meinen Augen.

Warum denke ich ausgerechnet jetzt an Julians gewechselten ›Wohnort‹?

Sehe ich Ann-Kathrins Namen bereits neben seinem?

Ich schaffe es nicht, alles von rechts nach links zu schieben und flehe um einen ›Ausknipser‹, um nicht mehr denken zu müssen.

Unsere ›Mamas‹ bringen mich nicht zu früh in mein Körbchen, da ich mich bereits im Zustand von vorhin befinde.

Dunkelheit, weiche Knie und brennende Augen.

Wie nur finde ich aus der Finsternis zurück ins Licht?

Verschwundene Leonie

In den letzten Stunden sind Eddy und ich nach allen Facetten verwöhnt worden.

Diese besondere Fürsorge hilft mir, langsam zu Kräften zu kommen.

Ob ich zur alten Form zurückfinde?

Im Moment unvorstellbar.

Es führt kein Weg daran vorbei, eine wieder-erlangte Stabilität vorzugaukeln, um nach Leonie zu suchen, da uns hier sonst kein Ausgang erlaubt wird.

Schlimm nur, dass wir nicht einmal ahnen, wo sie sich aufhalten könnte.

Auf dem Friedhof?

Das erscheint uns abwegig, weil sie sicherlich viel zu kaputt ist, als ausgerechnet einen Ort aufzusuchen, der ihr die Tragik vor Augen führt.

Mit Sicherheit konnten wir vorher behaupten, sie täglich im Hospiz anzutreffen. Unter den veränderten Bedingungen scheint sie wie vom Erdboden verschluckt.

Eddy berichtet, dass er viel mit Jonna gesprochen hatte, als ich zum Zuhören nicht mehr in der Lage gewesen sei.

Jonna sprach von einer übermächtigen Angst um Leonie.

Völlig kontrovers zu den ihr bekannten Verhaltensweisen bei der Mitteilung über einen Todesfall reagierte Leonie auffallend locker.

Sie lächelte und stieß Jonna gegen eine Wand, als sie sie zu umarmen versuchte.

Sätze wie ›war ja klar‹, ›nicht schlimm, ich habe Übung im Loslassen‹ und ›machs jut ohne mich, Mama‹ waren wie Messerstiche.

Bis Leonie inadäquat loslachte und den Song ›Ein schöner Tag‹ anstimmte.

Singend ging sie durchs Hospiz und trat nicht mal gegen Mobiliar, wie man es sonst von ihr gewohnt war.

Seither hat keiner mehr Leonie gesehen, selbst zu Hause ist sie nicht mehr erschienen, woraufhin ihre Tante die Polizei eingeschaltet hat, um nach ihr suchen zu lassen.

Bisher ohne Ergebnis.

Wir beschließen, die Tante aufzusuchen, wenn uns auch unsere ›Mamas‹ davon abraten.

Sie sind überzeugt, dass sie mit den Beerdigungsmodalitäten und der eigenen Trauer genug zu bewältigen habe.

Mag sein, doch haben wir eine Wahl?

Vor der Wohnungstür kommen uns dann doch erste Zweifel.

Wird sie uns zuhören?

Bohren wir in offenen Wunden?

Sie weiß nicht mal, wer wir sind, schon gar nicht, in welcher Absicht wir kommen.

Auf dem Absatz machen wir kehrt, bis plötzlich die Tür hinter uns geöffnet wird. Zu spät, kommentarlos abzuhauen.

Ängstlich drehen wir uns um und sehen eine Frau, die Ann-Kathrin sehr ähnelt. Eindeutig muss es sich um die Schwester handeln.

»Mo und Eddy?«, fragt sie zu unserer Verwunderung.

Woher kennt sie uns?

Ein Zettel, den sie hinhält, klärt uns auf.

Eddy liest laut vor:

Tach Sybille,

ich muss losziehen, meinen eigenen Weg finden. Suche nicht nach mir, ich lebe nur noch für mich.

Es tut mir leid, dass Du Deine geliebte Schwester verloren hast, für mich war es ohnehin nur der Rest einer zerbrochenen Familie.

Ich hasse das Schicksal. Apropos, sollten hier zwei Hunde auftauchen, teile ihnen bitte mit, dass ich sie nie wiedersehen will.

Eddy und Mo verstehen uns Menschen sehr gut, nur am Respektieren scheitern sie.

Lebe wohl. L.

»Dürfen wir reinkommen, Sybille?«, frage ich, nachdem Eddy mit dem Lesen fertig ist.

»Stimmt also, dass Ihr Euch nichts aus Respekt macht?«, poltert sie genervt wirkend.

Man kann auch alles totreden. Genervt-Sein liegt auch mir und ich laufe direkt durch die Tür ins Wohnzimmer.

Warum folgt mir niemand?

Mitanhören muss ich, wie sich Eddy für mein Verhalten entschuldigt.

Das ist nicht sein Ernst.

Wir benötigen Hinweise zum Aufenthaltsort des Mädchens, das uns wichtiger sein sollte als ihre Floskeln auf einem profanen Zettel.

Sybille und Eddy stehen kurze Zeit später vor der Couch, auf der ich Platz genommen habe.

Ich wäre hier eh nicht weggegangen.

Bei allem, was uns Sybille über Leonie erzählt, kommen wir zu keiner Idee, wo sie sich aufhalten könnte.

»Was, wenn sie Dummheiten macht?«, frage ich besorgt.

»Dann ist das ihre Entscheidung. Ich habe sie als vermisst gemeldet und kann nicht mehr tun«.

Eiskalt kommt mir diese Person vor und hat - gegensätzlich zu meinem Ersteindruck - nichts von Ann-Kathrin.

Eddy bittet um Erlaubnis, uns im Zimmer von Leonie umzuschauen.

Scheinbar spricht nichts dagegen, wenn sie uns sagt, sie tue, als wären wir überhaupt nicht da.

Über eine Stunde kramen wir in Papieren, die sich unordentlich überall im Zimmer stapeln.

Nach einer Buchungsbestätigung für ein Bahnticket oder Ähnliches suchen wir vergeblich.

»Was kramst Du in ihren Schreibheften? Der Schule hat sie doch längst abgeschworen«, will ich mehr über Eddys Absichten wissen, die er unbeirrbar verfolgt.

Nie macht er was ohne Grund, was ihm sinnlos erscheint.

»Mädchen kritzeln gern in Hefte, Mo. Leonie wird keine Ausnahme sein«.

Und tatsächlich stößt er wenig später auf einen - nicht lange zurückliegenden - Eintrag.

Dieser beinhaltet einzelne Worte, hingegen keinen zusammenhängenden und sinnvollen Hinweis.

Pascal, einhundert Euro, Stadtpark.

»Das ist es«, ruft mein Freund.

»Den Stadtpark kenne ich, Mo«.

»Wir wissen nicht, wer Pascal ist und besitzen schon gar keinen Hunni«, versuche ich seine Euphorie zu stoppen.

»Lass mich machen, kleiner Zweifler. Hier stimmt was nicht, ich spüre das«.

Wir erzählen bei dem Verlassen der Wohnung Sybille nichts von unserem Fund, um nicht unnötig Hoffnung zu schüren, die sich womöglich nicht erfüllt.

Viel zu beschäftigt mit den Dingen, die sie zu arrangieren hat, fragt sie ohnehin nicht einmal nach.

Kühl wirkt sie nach wie vor auf uns, nicht wirklich auf der Suche nach ihrer Nichte und schon gar nicht in Trauer.

»Eine kalte Person, Eddy. Optisch ihrer Schwester ähnelnd ist sie vom Herzen meilenweit von Ann-Kathrin entfernt«.

»Mhhhhh, egal. Sie ist mir nicht wichtig. Komm, uns rennt die Zeit davon«, zieht er mich zur Tür hinaus.

Was für ein weiter Weg zum Stadtpark. Gut, dass ich nicht zuvor die Entfernung einschätzen konnte, weil ich die Mission ›wir finden Leonie‹ auf einen anderen Tag gelegt hätte.

Stadtpark

In mir tosende Unruhe, als ich die Menschenmenge erblicke. Niemals finden wir hier, wonach wir suchen.

»Leeeeeeeeeonie« helfe ich nach und unserem Glück auf die Sprünge.

»Wir suchen Pascal, kleiner Angsthase, den wir nicht finden, wenn Du Dich hier am Rand herumdrückst«.

Ich gehe keinen Schritt weiter.

Hätte Eddy es nicht besser vorbereiten und ein Schild fertigen können, wie sie sie an Flughäfen hochhalten? Warum müssen wir auf den unbekannten Jungen zugehen, wenn er auch zu uns kommen kann?

Ob ›Kumpel-Herz‹ merkt, dass er allein loszieht?

Entgegen meiner sonstigen Angst, ihn aus den Augen zu verlieren, schaue ich ihm nun zufrieden hinterher.

Selbst schuld, wenn er sich nicht ein einziges Mal zu mir umschaut.

Die Hecke am Park gefällt mir ausgezeichnet.

Dass sie zudem einen Sichtschutz bietet, ist nur sekundär wichtig bei meinem Versteck. Von hier überblicke ich wirklich alles ohne aufzufallen, wenn auch unmittelbar vor mir nicht wirklich das Leben tobt.

Die meisten Menschen gehen am See spazieren oder picknicken auf der Wiese.

Eddy ist nirgends zu sehen.

Da mich sein plötzlicher Aufbruch in den Park sehr müde gemacht hat, könnte ich mich im Hinterhalt einem Nickerchen hingeben.

In absehbarer Zeit wird seine Suche keinen Erfolg haben, wenn er Hunderte nach ihrem Namen fragen will.

Was war das?

Neben mir raschelt es und die Zweige bewegen sich, obwohl es windstill ist.

Verdammt.

Hat sich noch jemand davongestohlen?

Hoffentlich kein Kind, deren Mutter ich suchen muss.

»Lass mich los, Pascal«.

Das ist doch Leonies Stimme.

Oh nein, wo ist Eddy? Ich sehe mich außerstande, allein auf Spurensuche zu gehen, was es mit dem Zettel auf sich hat.

Ungefragt werde ich Zeuge einer auf mich übel wirkenden Auseinandersetzung und ich vermute Schläge, als ich lautes Klatschen höre.

Es lässt mich erstarren.

Nach einer Liebesbeziehung hört sich das alles nicht an.

Renn doch weg, Leonie, bitte.

Auf einmal Ruhe, die nicht guttut, sondern mich verstört.

Sind die beiden weg?

Ich hasse meine Ängstlichkeit.

Jeder andere Hund würde aufstehen und nachschauen.

Ich hingegen liege wie festgewachsen hier in der Hoffnung, dass mich niemand entdeckt.

»Du weißt, was Du mir schuldest, Du Biest«.

Eindeutig die Stimme eines Jungen, der alles andere als freundlich wirkt.

»Bringst Du mir nicht innerhalb von vierundzwanzig Stunden das Geld, siehst Du Deine Mutter schneller wieder, als Dir lieb ist«.

Ich spüre die sich zusammenbrauende Gefahr und schaffe tatsächlich das zuvor für unmöglich Gehaltene.

Mit einem Sprung durchs Dickicht sitze ich direkt vor den beiden.

Für Abwägungen bleibt keine Zeit und ich beiße so fest ich kann in die Wade des Jungen, der gerade das Bein zum Treten anhebt.

»Autsch. Verschwinde Du Töle«.

Noch nie zuvor habe ich meine Zähne für Angriffe eingesetzt und mich ermutigt, dass es eine Wirkung zeigt, die ich für undenkbar hielt.

Immer wieder beiße ich zu, bis sich der Typ vor Schmerzen krümmt.

Längst hat er von Leonie abgelassen, die verletzt auf dem Boden liegt.

Entgegen der Hoffnung, dass er das Weite sucht, sehe ich aus den Augenwinkeln, wie er nach einem Stock greift.

Nein, bitte nicht. Ich bin für gewöhnlich ein ganz lieber Shih Tzu.

»Lauf«, höre ich Leonie. »Mo los«.

Gerade noch dem Schlag entkommen stürze ich aus dem Gebüsch, merke allerdings, dass ich verfolgt werde.

Eddy schickt der Himmel, der von Weitem die Situation richtig einschätzt und mir zur Hilfe eilt.

Was er mir voraus hat, ist sein ernstes Festbeißen, das wirklich verletzen, nicht nur verstören kann.

Dem aufgebrachten Typen wird zum Verhängnis, dass er meinen Freund nicht registriert bei dem Fokus, den er einzig auf mich richtet und darauf, mich fertigzumachen. ›Feiger Hund‹, dass nicht mal der Größenunterschied ihn besänftigt.

Schreie hinter mir.

Eddy hat ihn zu fassen.

Ungezählt, wie oft er zuschnappt. Der Junge springt auf, hält sich die Bisswunden und verschwindet laut schimpfend.

»Alles gut bei Dir, Kleiner?«, kümmert sich Eddy besorgt um meine verletzte Seele.

Alles bricht aus mir heraus und weinend stammele ich, dass Leonie seine Hilfe mehr benötigt.

»Leonie? Du weißt, wo sie ist?«.

Wortlos zeige ich auf das Gebüsch.

Sichtlich zerrissen fühlt er sich bei der Frage, wem dringender geholfen werden muss.

»Sie braucht Dich«, deute ich erneut nach drüben und sehe Eddy wenig später im Gebüsch nach ihr suchen.

Traumatisiert von dem zurückliegenden Szenario schaffe ich es nicht ihm beizustehen. Weinend sitze ich im Gras, selbst die Menschen um mich herum spielen keine Rolle.

Es dauert eine kleine Ewigkeit, bis ich Leonie mit Eddy auf mich zukommen sehe. Ihre Lippe blutet und ein Auge ist blau angelaufen.

Was nur ist geschehen?

Irgendetwas will sie mir sagen, doch ich höre nur Lallen und unzusammenhängende Wortfetzen.

Schlagartig kommen mir Details aus unserer ›Weihnachtsreise‹ in den Sinn.

Der Junge, der in Drogen mehr Halt fand als in seiner Familie. Seine Augen, sie entsprachen denen, die ich gerade vor mir sehe.

Nein, Leonie, das ist keine Lösung.

»Mo? Dir und helfen, bravo, gemacht. Ich bewundere«, ist das Einzige, das verständlich bei mir ankommt.

»Bist Du irre, Leonie?«, prügele ich ohne nachzudenken im Gegensatz zu Pascal verbal auf sie ein.

»Schau Dich an. Du siehst aus wie ein ›Freak‹ und redest wie volltrunken. Glaubst Du, das hätte Deine Mama gewollt?«.

Eddy strafenden Blick ignorierend weiß ich, dass ich im Recht bin.

Ich lasse mich nicht länger unterdrücken, schon gar nicht von einem Mädel, der ich helfen wollte, obwohl sie ohnehin ihr Leben wegwirft. Pure Zeitverschwendung.

Ich will nach Hause zu weniger ›verkrachten Seelen‹.

Auch wenn Eddy sich mir nicht anschließen sollte, entscheide ich mich nicht um.

Mir wurde eine Stimme gegeben und ich frage mich bei Passanten durch, bis ich den Rückweg allein bewältige.

Ohne zurückzuschauen oder eine Reaktion abzuwarten, verlasse ich diesen grauenvollen Ort in Richtung Parkausgang.

»Nie würde ich Dich alleinlassen«.

Ein vertrautes Flüstern hinter mir lässt mich dann doch aufatmen.

Auf dem gemeinsamen Rückweg versucht mir mein Freund den Zustand von Leonie zu verdeutlichen.

In diesem verstehe sie eindringliche Warnungen oder wütende Ansagen nicht mal annähernd.

Sie sei zugedröhnt gewesen und weit entfernt von der realen Welt, in der wir einen Weg verfolgen, der sich ihr nicht zeigen könne.

Eddys Entschuldigung, mich mir selbst überlassen zu haben, geht mir ebenso ans Herz wie seine Lobeshymne, wie stolz es ihn macht, einen dermaßen mutigen Freund zu haben.

Noch sind wir perspektivlos, wie es weitergeht und wie wir Leonie von den zwei Dämonen befreien, - dem sichtbarem und dem, der sie am liebsten totgeprügelt hätte.

Dass äußerste Vorsicht geboten ist, wenn wir abermals auf diesen Pascal treffen, ist amtlich.

Schließlich sahen seine Augen nicht nach eigenem Konsum aus, sodass er unsere Beißattacken sehr wohl erinnern wird.

»Meinst Du, unsere Frauchen helfen uns, ohne dass es sie enttäuscht, dass ihr Shih Tzu beißt?«.

Eddy lächelt.

»Ihrer Unterstützung bin ich mir sicher. Du sie enttäuschen? Sie werden dankbar sein, einen neuen Wachhund im Haus zu haben«.

Das amüsiert schlagartig auch mich, denn meine Angst vor gefährlichen Situationen habe ich nicht verloren, was ich aber lieber für mich behalte.

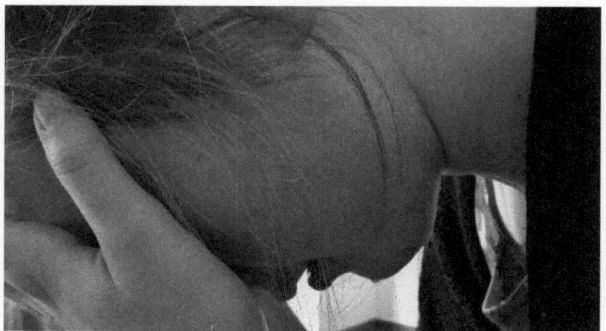

Erwachen

Daheim reagieren unsere Vertreter in der Art, wie wir gehofft und es uns gewünscht haben.

Wir wissen nicht, was uns erwartet, wenn wir diesen ›schwarzen Ort‹ erneut aufsuchen.

Und da spricht man von ›im Grünen‹?

Leonie werden wir nur hier antreffen und wir wollen sie unbedingt zurückhaben.

Im Vorfeld stattfindende Gespräche, Pläne und Überlegungen gaben mir zu Hause ein Gefühl von Sicherheit und Überlegenheit, was verfolgen ist, seit wir uns auf den Weg gemacht haben.

Ob es eine gute Idee ist, Pascal die Summe zu zahlen, die ihm Leonie schuldet?

Wer sagt uns, dass alles damit endet?

Ich empfinde es fast wie ein Honorar, obwohl er Eddy und mich fast umgebracht hätte.

So jedenfalls haben wir es unseren ›Mamas‹ geschildert, ohne Übertreibungen.

Wir wissen nicht, was geschehen wäre, hätte er einen noch brutaleren Tag erwischt.

Für mich zählt er zum Abschaum und hat Rache verdient, kein Geld.

Schleichend folge ich den dreien, schnuppere wesentlich mehr als sonst und versuche Zeit zu schinden.

Meine zum Terror bereite Leibgarde drängt mich regelrecht zum Sprint.

»Los Mo, wir gehen später ›Zeitungen lesen‹. Jetzt ist Leonie wichtig«.

Eben sie, aber nicht ›der‹.

Heute habe ich einen beißfreien Tag und sehe mich außerstande zu beschützen, was mir heilig ist.

Sagen muss ich es nicht, jeder sieht mir an, was ich will oder eben nicht.

»Schaut nur«, springt Eddy vor Freude hoch. »Da! Leonie. Sie liegt nicht, sie steht«.

Just in dem Moment beschleunigt sich mein Gehen automatisch.

Wir können sie uns schnappen und unverzüglich die ›grüne Hölle‹ verlassen.

Zugedröhnt, wie Eddy es bezeichnete, scheint sie nicht.

Ihre Tränen schmerzen mich, weil sie mich befürchten lassen, dass erneut was Schreckliches in ihrem Leben passiert ist.

Wie viel Nackenschläge kann sie noch ertragen?

Warum freut sie sich nicht, uns zu sehen?

Ihre ablehnende Haltung erinnert auf unser erstes Zusammentreffen im Schulbus.

Benötigt sie Drogen, um uns zu ertragen?

Ausschließlich von unseren Frauchen nimmt sie Notiz und sogar das Geld in Empfang.

Sprachlos macht mich, was ich sehe.

Jeder ›normal tickende‹ Mensch hätte es abgelehnt und übrige Hilfe priorisiert.

»Berechnend bist Du, Leonie. Das ist niemals die Folge von Erziehung. Ann-Kathrin war ein herzensguter Mensch. Sie hätte in ihrer aussichtslosen Lage eher Grund gehabt, sich wegzuschießen mit dem Zeugs, was Du schluckst, die Probleme noch manifestieren«.

Meine Worte tun mir nicht leid, eher genieße ich direkt gesagt zu haben, was ich von ihr halte.

Und rede mich weiter in Rage.

»Ich wünschte, nie auf Eddy gehört zu haben. Wäre es nach mir gegangen, hätten wir Dich am ersten Tag wieder aus unserem Leben verbannt. Du bist es nicht wert und hast nicht verdient, dass andere sich den Kopf zerbrechen, wie Du in Deiner Trauer aufgefangen werden kannst. Hat Dein Vater Dir nicht einst das Gefühl gegeben, dass er lieber Julian als Dich behalten hätte? Weißt Du was? Ich kann ihn verstehen. Dein Bruder hätte vermutlich besser auf sein Leben geachtet, als Du es jemals hinbekommst. Dein Vater hat Eure

Familie überhaupt nicht zerstört. Diese Demontage findet in Dir drin statt. Deine tolle Mama hätte garantiert alles dafür gegeben, noch dreißig Jahre und darüber hinaus leben zu dürfen. Dieses Recht wurde ihr auf tragische Weise entzogen und Menschen wie Du werfen es achtlos weg. Deine Tante denkt, dass Du Suizidpläne hegst. Berührt Dich überhaupt noch was?«

»Es reicht«, haut Eddy dazwischen als das Weinen von Leonie meine Stimmlautstärke übertönt.

»Nein, er hat recht«.

Ich kann kaum glauben, dass diese Aussage von Leonie stammt.

»Nur das mit meiner Tante lasse ich nicht gelten. Sie war es, die meiner Mama immer zugesetzt hat. Nichts glaube ich mehr als dass sie sich meinen Tod auch noch wünscht. Eine Horrorvorstellung bei ihr leben zu müssen, bis ich die Volljährigkeit erreiche«.

Leonie schluckt.

»Die anderen Vorwürfe lasse ich mir gefallen. An Suizid habe ich zu keinem Zeitpunkt gedacht, doch ertrage ich das Schicksal nur, indem ich mich rund um die Uhr betäube.

Ich bin da reingeraten, als ich Pascal kennenlernte. Verliebt war ich nicht, ließ mich dennoch auf eine Beziehung ein, weil ich nicht allein zurückbleiben wollte. Ich wusste nicht, wie schnell er zu meinem Dealer wird und dass seine Gefühle ebenso vorgespielt waren.

Ein Teufelskreis, dem ich einfach nicht mehr entkam«.

Nun tun sie mir doch leid, die gewählten harten Worte.

»Ich verstehe Dich«, höre ich Eddy sie trösten.

»Ich habe meine zwei Dackel-Freundinnen verloren, bei denen ich mich zu Hause fühlte. Das Leben gönnte mir keine Verschnaufpause. Erst nahm es mir die eine und knapp ein Jahr danach die andere. Meine ersten Lebensjahre orientierte ich mich mehr an ihnen als an den Menschen. Ich verlor jeglichen Halt. Mutterseelenallein und ohne Lebensmut gab ich keine einzige Erinnerung, mich aber mehr und mehr auf. Bis ich Mo traf«.

»Ach, Du spielst mir Deine Gefühle nur vor?«, setze ich enttäuscht eins zu eins das vorhin Gehörte zu dem Jetzigen ins Verhältnis.

Eddy schubst mich an.
   »Nicht Dein Tag heute?«.

Unsere ›Mamas‹ klären mich auf über den Sinn, den sie in allen Worten sehen.
   Leonie hat einfach dem falschen Menschen vertraut.
   Es wird jemand kommen, der ihr Leben wieder mit Farbe füllt, das derzeit nur schwarze Umrisse zeigt.
   Gezeichnet habe ich damals nicht, erkenne aber Parallelen.
   Verluste, Trauerbewältigung, unsere ›Mission‹, die wir nicht grundlos starteten und Eddys Gespür, dass ausgerechnet Leonie uns brauchen wird.

Erstmals zeigt es sich mir deutlich, dieses Schicksal, von dem Leonie am Grab ihres Bruders gesprochen hatte.

Sanft brechen warme Gefühle und Gedanken auf, die mich näher an das traurige Mädchen führen, bis Eddy sie unterbricht.

»Da drüben ist er« zeigt er auf ›Mr. Devel‹.

Unsere Frauchen motivieren Leonie rüberzugehen und die Schulden zu begleichen. Trotz großer Bedenken läuft sie los.

»Ihr könnt sie nicht gehen lassen. Was, wenn er das Geld schnappt und sie anschließend wieder malträtiert?«.

Meine Befürchtungen prallen nicht ab, doch werden sie entschärft, als Eddy und mir erklärt wird, dass wir seit geraumer Zeit von der Polizei beobachtet und abgehört werden.

Entspannt und beruhigt schiebe ich beiseite, eventuell auch polizeilich gesucht zu werden, seit ich kürzlich in einem Vorgarten alle Blumen zertreten habe.

Hier gehts nur um die Rettung von Leonie aus den Klauen einer Bestie. Was dagegen sind Blumen?

Von Weitem folgen wir einer echten Befreiung in jeglicher Hinsicht.

Leonies Zusammenbruch, nachdem die Beamten dem Drogendealer das Handwerk gelegt und ihn in Handschellen abgeführt haben, ruft mich auf den Plan.

Nichts ist mir gerade wichtiger, als für sie da zu sein und meine Worte von vorhin zurechtzurücken.

Unglücklicherweise werde ich zurückgehalten und muss mitansehen, wie Sanitäter in Windeseile bei Leonie sind, sie medizinisch an Ort und Stelle versorgen und sie auf einer Trage in einen Krankenwagen bringen.

»Er hat ihr doch gar nichts tun können«, schaue ich verwirrt zu meinen Frauchen.

»Heute nicht, doch alle Male zuvor, Mo. Sie benötigt jetzt andere als Eure Hilfe. Die letzten Wochen hat sie nicht mehr selbstständig gelebt und muss nun mit ärztlicher und psychologischer Unterstützung wieder auf die Beine kommen«.

Traurig gucke ich dem Saniwagen hinterher, bis die Rücklichter verschwinden und ich realisiere, dass es das verdammte Zeug ist, von dem sie befreit werden muss.

Regenbogen

Quält mich seit zwei Tagen die Frage, warum Leonie schon vor dem Tod ihrer Mama zu Drogen gegriffen hat, finde ich aus diesem Grübeln auf absurde Weise heraus.

Keine wohltuende Ablenkung, sondern das Abschiednehmen von einer lieb gewonnenen Frau, die wir gern weiter, - wenn auch in einem Hospiz - besucht und viel näher kennengelernt hätten.

Ein schwerer Gang für Eddy und mich, ein noch härterer für Leonie.

Hoffentlich konnten Fachleute sie annähernd stabilisieren, um dieser Aufgabe gewachsen zu sein.

Ich weiß, welche Farbe man zu dem besagten Anlass trägt und mein Fell ist alles andere als dunkel.

Wehre ich mich grundsätzlich gegen ›Textilmaskerade‹ jeglicher Art, äußere ich meinen Wunsch nach einem schwarzen Hunde-Anzug.

Besser gleich im Doppelpack, bevor sich Eddy in strahlendem Weiß versündigt.

»Wir haben nur noch ein paar Stunden Zeit«, stöhnen die Großen bei meiner Bitte.

Pflegeleicht – wie ich bin, – biete ich – auf dem Po sitzend – bereitwillig an, man möge Maß nehmen, mit der Empfehlung, schwarze Erwachsenenkleidung umzugestalten. Sitzen wir nicht an der Quelle bei zwei Schwestern, die gengetreu gut in Handarbeiten sein müssten? Beweist mal Eure Daseinsberechtigung als Frauen.

Ich lege es nicht drauf an, meinen Kopf durchzusetzen, es fliegt mir regelrecht zu.

»Kann sich das Ergebnis sehen lassen?«, will ich von Eddy wissen als mein kleines Schwarzes fertig ist. Eingezwängt fühle ich mich, obwohl die Atmung nicht verunmöglicht ist.

Eddy lacht, weshalb ich wütend vorschlage, ihn in ein Teufelskostüm zu stecken, bis er revidiert, was er gedacht hat.

Nicht lustig habe er sich machen wollen, es sei nur ungewohnt.

Schließlich sei ich ansonsten ein unverbesserlicher ›Schlammjäger‹.

Ich hingegen finde eine Stunde später Eddy total sexy in seinem zusammengenähten Teilchen.

Ein Hund von Welt.

Wäre ich nicht schon verliebt in ihn...

Im Wohnzimmer wartend fällt mir die Wolldecke für Ann-Kathrin ein.

»Hätten wir sie bloß nicht liegenlassen«, nuschele ich vor mich hin.

Wie macht es Eddy, dass ich nie sagen muss, was oder wen ich meine und prompt eine präzise Antwort bekomme?

»Jonna nimmt sich beruflich eine Auszeit. Nichts war ihr wichtiger, als heute dabei zu sein. Du bist aus dem Hospiz gelaufen, Du erinnerst Dich an Deinen Ausflug zum Teich? Hast Du Dich nicht gefragt, woher ich wusste, wo Du bist, aber dennoch so spät zu Dir kam? Erst lief ich Dir nach.

Inzwischen kenne ich Dich gut genug, um zu wissen, dass Du immer länger an einem Ort ausharrst, der Dir ein Durchatmen verspricht.

Zwischenzeitlich war ich zurück bei Jonna, bevor ich Dich abgeholt habe.

Als ich unsere Decke schnappen wollte, schickte sie mich zu Dir, um für Dich da zu sein.

Nicht ohne das Versprechen, auf die Decke aufzupassen und sie mitzubringen an dem besonderen Tag des Abschiednehmens«.

Traurig der Moment des Schenkens, auch wenn mich berührt, dass Ann-Kathrin sie nun doch noch erhält.

Leider sind wir zu spät dran und die versammelte Trauergruppe hat bereits den Treffpunkt vor dem Friedhof verlassen.

Gut, dass Eddy und ich wissen, wo wir Julian finden.

Unsere ›Mamas‹ laufen uns vertrauensselig hinterher, bis wir vor ›Tabaluga‹ stoppen.

Weder zeigt sich ein ausgehobener Erdhaufen neben dem kleinen Junior, noch sehen wir weinende Menschen.

»Hier ist das Familiengrab«, zeige ich auf mein aus Herzen verschenktes Stofftier.

»Nein, Mo. Das sind Kindergräber. Habt Ihr geglaubt, dass hier Julians Mutter ihre letzte Ruhe findet?«.

Irritiert und unter Schock stehend realisiere ich, dass nicht nur das Leben Mama und Sohn auseinandergerissen hat.

Selbst der Tod macht keinen Halt davor.

Unsere Frauchen klären auf, dass Kindergräber meistens an anderer Stelle eine große Bedeutung haben. ›Wunder-Höhlen‹, farbenfroh und dekoriert mit Spielzeug oder Puppen, die Kinderherzen höherschlagen lassen.

Fasziniert blicken sie sich um und eine anfängliche Bedrücktheit weicht strahlenden Augen.

»Eddy? Mo?«.

Ganz hinten am Weg-Ende winkt uns Leonie zu sich. Keine halbe Minute benötigen wir für die gefühlten tausend Meter.

»Das Schicksal hat mir geflüstert, dass Ihr bei Julian hängen geblieben seid. Man, habt Ihr Euch chic gemacht für Mama, sie wird sich freuen«.

Dass es Menschen hilft daran zu glauben, dass verstorbene Menschen nur eine Hülle verlassen, aber ihre Seelen weiterwandern, ist mir nicht fremd.

Ein tröstlicher Gedanke.

»Kann sie uns wirklich noch sehen, Eddy?«.

»Nicht nur das, sie wird uns weiter begleiten«, sind mein Freund und Leonie einstimmig überzeugt.

Endlich sind nun auch unsere ›Mamas‹ dazugestoßen.

Ich will ihnen nicht zu nahetreten, aber es war lediglich ein kleiner Fußmarsch, keine ›Tour de France-Etappe‹.

Haben Eddy und ich auch so atemlos geschnauft?

Gedankenwechsel.

Wir wollen uns zu den anderen gesellen.

Vorne steht ein Pfarrer, vor ihm ein Sarg neben einer Erdkuhle und – halte Dich fest – nur Jonna.

Sie hält unsere Decke im Arm und weint.

»Wo sind die anderen?«, wünscht sich Eddy, die komplette Trauerliste aufgezählt zu erhalten.

»Wir sind vollzählig. Sybille hat zu viel mit unserem Umzug zu tun«, antwortet Leonie fast entschuldigend ob der Tatsache, wie wenig Ann-Kathrin ihrer Schwester wert war.

Bei einem ungeduldiger werdenden Geistlichen entscheiden wir uns zum Beiwohnen der Zeremonie, während mir das Wort Umzug schwer im Magen liegt.

Die Rede stammt eindeutig von Leonie; persönlich und ergreifend.

Jedes Wort sorgt für Gänsehaut-Feeling unter dem Fell, begleitet von Tränen - nicht nur in meinem Gesicht.

Beim Herunterlassen des blumenge-schmückten Sarges frage ich mich, wie oft Eddy so einen Anblick noch ertragen kann.

Jonna und Leonie halten sich fest im Arm, als sie gemeinsam vortreten, persönliche Worte sprechen und Rosen auf das Holz werfen.

Dieser Eindruck gebrochener Menschen ist ganz schwere Kost.

Unsere ›Mamas‹, nun an der Reihe, machen dasselbe, was mich zu dem Schluss kommen lässt, dass es sich um eine typische Würdigung handelt.

Aufmunternd nicken uns alle zu und meinen, dass nun der Zeitpunkt gekommen sei, an dem Ann-Kathrin endlich ein Recht auf ihre wärmende Decke hat.

Ich pack das nicht.

Sie hat immer gefroren und wird in ein Erdloch geworfen?

Viel kälteren Bedingungen ausgesetzt als hier oben.

Der beginnende Regen hilft mir, einen Rutsch vorzutäuschen.

Den Sturz direkt auf die Holztruhe habe ich nicht wirklich simuliert, tatsächlich verlor ich den Halt.

Mit ganzer Kraft klammere ich mich an dem Sarg fest.

»Nein, Ann-Kathrin, wenn auch keiner mehr um Dich kämpft, ich lasse Dich nicht allein hier unten. Du hast so viel Stärke bewiesen, jetzt sind wir dran«.

Mit mobilisierter Energie und voller Hoffnung darauf, dass Ann-Kathrin nur schläft, beiße ich immer und immer wieder ins Holz, bis eine Hand nach mir greift.

»Wer um Himmelswillen boykottiert meinen Kampf?

Sie ist nicht tot«.

Strampelnd nehme ich nur am Rande wahr, dass mich Leonie fest im Griff hält.

»Siehst Du das? Mo guck nur«.

Sie zeigt auf den Himmel, der an einer Stelle aufgerissen ist.

»Ein Zeichen von Mama«.

Die Sonne beginnt durch dunkle Wolken zu strahlen.

»Sie verlässt uns nicht, sie geht voraus. Wir alle sehen uns irgendwann wieder - ohne Leiden, Schmerzen und trügerischem Glück«.

Der Regenbogen, der sich oben bildet, erinnert mich schlagartig an alle Geschichten von Eddy über den Gang über die ›Brücke‹.

Es schaut aus, als wenn er seinen Anfang bei Ann-Kathrin nimmt und bei Julian endet, wie ein An-die-Hand-Nehmen mit der stillen Botschaft, wieder wirklich bei ihm zu sein.

»Meine Mama braucht diese Decke. Nicht, weil sie hier friert, sondern um Eure Bilder bei sich zu tragen«.

Immer noch in ihrem Arm sehe ich, wie Eddy sie mit der Schnute nach unten schiebt.

Leonies Kleid ist durchtränkt vom Weinen um eine großartige Frau und die Befürchtung, dass ihre Tochter ihre Verzweiflung überspielt, aber viel weniger mit allem klarkommt als ich.

»Versprichst Du mir was, Leonie?«.

»Geht das schon wieder los? Meinetwegen, wenn es realistisch ist. Inzwischen kenne ich die verrückten Gehirnwindungen eines Shih Tzu«.

Das Letztgesagte ausblendend und überhörend bitte ich sie, dass sie gut auf sich aufpasst und nicht vergisst, dass sie uns hat.

»Das Wort Umzug tat mir vorhin weh. Du musst bei uns bleiben. Wenn Du nicht gelogen hast, lebt Deine Mama weiter. Das Gleiche gilt für Julian«.

Traurig spricht sie von den Plänen ihrer Tante, mit ihr in eine andere Stadt ziehen zu wollen.

Ihr seien die Hände gebunden, da das Jugendamt über die Vormundschaft demnächst abschließend entscheiden werde.

Fehlanzeige von Selbstbestimmung.

Wenn sie ihren Vater auch für das Verlassen der Familie verurteile, habe sie sich dennoch gewünscht, er würde sie nun zu sich holen.

Frisch verliebt und erneut Papa geworden sei Derartiges ihm erst nicht in den Sinn, später von ihm abgelehnt worden.

Er sollte hier liegen, denke ich, wenn ich mich auch versündige.

Ganz eng angeschmiegt flüstere ich, dass wir alles tun werden, um ihr zu helfen.

Den Nebensatz, noch nicht zu wissen wie, behalte ich für mich, still vergraben wie ihre geliebte Mama, deren Kampf uns stets ein Vorbild bleiben sollte.

Trümmer-Clique

Ob mir aufgefallen sei, dass Leonie betont locker umgeht mit dem Loslassen ihrer Mama, dem ›letzten Stück echter Familie‹ und dem bevorstehen Ortswechsel, will Eddy wissen.

Denke ich darüber nach, kommt es mir ebenso kurios vor wie ihm – hingegen war ich zu beschäftigt mit eigenen Gefühlen, um von selbst draufzukommen, dass irgendwas nicht stimmt.

Ist sie rückfällig geworden?

Dass ihr Leidensdruck sie innerlich auffrisst, nein, ausschließen können wir es nicht.

Jeden Tag hat sie mit ihrer Mama verbracht. Nun gibt es diese eine Leerstelle, die deutlich macht, wie unvollkommen sich die Erde für sich weiterdreht.

Wie füllt sie die freie Zeit, die ihr endlos vorkommen muss?

»Eddy? Es gibt diese Zusammenkünfte, bei denen sich Menschen austauschen, die Ähnliches durchmachen«.

»Du redest von Selbsthilfegruppen«.

»Wie hört sich das denn an? Sich selbst helfen? Dazu benötigt keiner einen zweiten. Nee, eine Gemeinschaft. Eine, in der zusammen getrauert wird. Vielleicht hilf Jonna uns bei der Umsetzung?«.

Eddy bremst meine Euphorie.

»Ihr fehlt es an Zeit. Sie ist beruflich zu eingespannt«.

»Wo hast Du Deinen Optimismus und Tatendrang vergraben, ›schwächelnder Krieger‹?«.

Er resigniert tatsächlich und scheitert erstmals an Impulsen.

Auf welche Weise können Menschen gemeinsam trauern, wenn niemand den verstorbenen Angehörigen des anderen kannte?

DIESEN Wert, den er hatte, und DIESE Lücke, die er hinterlässt, davon weiß kein Zweiter.

Eddy spricht über die traurigste Zeit in seinem Leben.

Er habe sich von Artgenossen zurückgezogen und sich keinem öffnen können.

Nie wäre ihm in den Sinn gekommen, sich gemeinsam mit ›Pranken-Fremdlingen‹ an die Grabstellen seiner geliebten Dackel-Ladys zu legen, im Gegenteil hätte er sie verscheucht.

In seiner grenzenlosen Trauer habe er nicht geschafft, andere an sich und sein Herz heranzulassen.

Nähe zugestehen?

Alles, woraus ein ›Hund gebaut‹ ist, habe sich in ihm gesträubt.

Bei meinem Einwand, dass er es mir von Beginn an leicht gemacht habe, in seinem Leben einen Platz einzunehmen, sucht er lange nach einer passenden Antwort.

Weder sei ich eine ganze Gruppe, abgesehen davon, dass ich mich mitunter wie ein Haufen meiner Rasse benehme, noch habe ich ihn

permanent mit notwendiger Trauerbewältigung konfrontiert.

Ihm habe einzig geholfen, dass ich ihn
abgelenkt und auf diese Weise das schwarze
Netz um seine Seele aufgelöst habe.

»Das ist es Eddy. Ablenkung statt Fixierung
auf die familiäre Tragödie«.

Auf dem Weg zum Hospiz - ich habe mich
erfolgreich durchgesetzt, - dämmert keinem
von uns ein guter Plan zur Umsetzung.

Die Hoffnung ruht auf Jonna.

Vor Ort erfahren wir, dass sie sich für eine
Woche krankgemeldet habe, was für sie
äußerst ungewöhnlich sei.

Wie ein Blitz schlägt sie zu.

Die Angst, sie sei schwer erkrankt bei allem,
was wir in den letzten Wochen an Leid gehört
und gesehen haben.

Diese unerträgliche Ungewissheit auf dem
Heimweg bewegt uns zum Richtungswechsel.

Gegen einen Krankenbesuch dürfte nichts
sprechen und unsere Absicht, sie um Hilfe zur
Etablierung eines Ablenkungsmanövers für

trauernde Jugendliche zu bitten, setzen wir erst außer Kraft.

Unsere Hoffnung, dass wir Jonna mit schniefender Nase und Husten antreffen, wird zerstört, als sie uns die Tür öffnet.

Sie sieht aus, wie wir sie kennen, bloß ihr Lachen vermissen wir schmerzlich.

»Na Ihr Süßen. Was kann ich tun für Euch?«.

Sie lädt uns ein zum Verweilen in ihrer Gesellschaft.

»Was ist mit Dir, Jonna? Du siehst nicht krank aus«, rede ich nicht drum herum.

»Wenn Ihr aus Neugier zu mir gekommen seid, enttäusche ich Euch ungern. Es ist nicht der richtige Zeitpunkt über mich zu sprechen. Ich wäre gern allein oder habt Ihr was auf dem Herzen, was keinen Aufschub duldet?«.

Eddy nickt.

»Ablenkung für Leonie«.

Wir berichten, eine ›Zerstreuungsgruppe‹ ins Leben rufen zu wollen, dem Plan allerdings hilf- und ideenlos gegenüberzustehen.

Wie ausgewechselt wirkend wirft sie Vorschläge in den Raum, die uns gefallen, berühren und die zum Fallenlassen zu grandios sind.

Zugutekommt ihr die Zusatzausbildung in Ergo- und Arbeitstherapie.

Alles um uns herum vergessend feilen wir an einer perfekten Vorlage.

Sie am Schreibtisch sitzend, wir auf dem Fußboden liegend, lachen wir beim regen Austausch, was wir als größten Schwachsinn und was als Riesengewinn zuordnen.

Am Ende eines langen Nachmittags, der uns allen gutgetan hat, steht das Konzept, das Jonna im Internet veröffentlichen wird, um auf die ›geborene Gruppe‹ aufmerksam zu machen und Betroffene einzuladen zur ultimativen ›Trümmer-Clique‹.

Fraglos hätten Eddy und ich es nicht ohne sie geschafft. Was Jonna bewegt, haben wir aufgegriffen und umgesetzt.

Die ›Trümmer-Clique‹ trifft sich künftig regulär wöchentlich und außerplanmäßig nach

Absprache, wenn es einem der traurigen ›Trümmer-Teenies‹ schlecht geht.

Wir gestalten künstlerisch in den nächsten Tagen für jeden ein Licht, das aus einer Kerze besteht, mit der Möglichkeit, verschiedene Smileys anzuheften, um anderen die eigene Stimmung mitzuteilen, ohne ein einziges Wort sprechen zu müssen.

Um die Trümmer wegzuräumen, die nach einem Trauerfall den Weg versperren, steht Lachen-Lernen oben auf der To-do-Liste. Einer beginnt und zeigt auf den, der als Nächster mit einstimmen soll, bis die gesamte Gruppe am Lachen ist und man spürt, dass Gemeinsamkeit verbindet.

Jonna liebt kleine Holz- und Tonarbeiten und weiß aus Erfahrung, dass ein reger Austausch über gegenseitige Tipps die höchstmögliche Ablenkung erzielt.

Die gefertigten Gegenstände dienen als Grabdekoration, weit weg von Engeln, Kränzen und dem üblichen Schnickschnack.

Sie denkt eher an Sonnenblumen, Kleeblätter und lachende Gesichter aus Materialien, die anschließend – mit fröhlichen Farben versehen – für aufgehellte Stimmung sorgen.

Beim Arbeiten läuft kein einziger trauriger Song, zum Repertoire gehören ›Don't worry, be happy‹, ›Ein Stern‹ und ›Nur noch kurz die Welt retten‹.

Jonna lächelt und wünscht sich, dass ›Trümmerkids‹ Dinge beherrschen, die sie von ihnen lernen könne und denkt an Jodeln oder skurrile Tänze, in denen man sich auspowert und die unbekannte oder verdrängte Glückshormone freisetzen.

Draußen ist es dunkel und wir müssen nach Hause, wenngleich wir noch stundenlang konzipieren könnten.

Es spricht Bände, wie stark sich Jonnas Stimmung umdirigieren ließ.

Eddy hatte den richtigen Riecher mit der heilenden Ablenkung.

Kaum haben wir uns erhoben, um uns für heute zu verabschieden, ist es erneut da.

Dieses traurige Gesicht einer Frau, die auf uns wirkt, als trage sie ein Geheimnis mit sich rum.

Irgendwas beschäftigt Jonna, von dem wir nichts wissen und es vielleicht nicht erfahren sollen.

Ohne nachzufragen, nimmt sie uns die schwere Last vom Herzen, indem sie verspricht, uns demnächst anzuvertrauen, warum sie derzeit krank sei, wenn wir es ihr auch nicht ansehen könnten.

Es sei nichts Ernstes und sie verstehe sich als ›Stehaufmännchen‹.

Richtig zufrieden können wir uns nicht damit geben, wissen dem ungeachtet, dass wir heute nicht mehr erwarten dürfen.

Faire Abrechnung?

Eine Woche ist vergangen, seit wir von Ann-Kathrin Abschied nehmen mussten.

Wir vermissen Leonie und vermuten sie dort, wenn das ›gute Schicksal‹ existieren sollte.

Eddy und ich beginnen mit der Umsetzung unseres Konzeptes der ›Trümmer-Clique‹ und besorgen mit unseren ›Mamas‹ einen Lenkdrachen als Mitbringsel.

Er signalisiert Freiheit und reicht hinüber zu Julians ›Erdzimmer‹.

Zwei Zettel klemmen wir dran, auf dem wir Persönliches schreiben, weil wir überzeugt sind, dass es Ann-Kathrin über den Drachen im Himmel am schnellsten erreicht.

Sie liegt nicht da unten, da sind wir uns einig.

Unsere gemeinsamen Familienausflüge sind zur Ausnahme geworden und um das zu ändern, machen wir uns mal wieder allesamt auf den Weg.

Kurz vorm Ziel vernehmen wir ein ›Pst‹ und werden von unseren ›Mamas‹ zurückgehalten.

Jetzt erst sehen Eddy und ich, dass Jonna vor dem Grab sitzt und ein stilles Gespräch mit der Frau führt, die sie monatelang nicht nur intensiv betreute, sondern sich scheinbar mit ihr angefreundet hatte.

Wir hören ihr Weinen und würden am liebsten hinlaufen und sie trösten.

Wenn es so was wie den falschen Moment gibt, dann wäre es dieser.

Als wir wiederholt Leonies Namen hören, ergreift mich Panik, dass uns der nächste Abschied droht.

Langsam und äußerst leise schleichen wir uns näher, um zu lauschen, was Jonna quält und drückt.

»Weißt Du, Ann, wie verzweifelt ich bin, dass ich Dir Deinen letzten Wunsch nicht erfüllen kann? Ich wünschte, diese Stärke zu besitzen, die Ihr in mir zu finden meint. Dankbar bin ich, Dich zu meinen engsten Freundinnen zählen zu dürfen und ich lebe jeden Tag weiter, als wärst Du hier. Das Thema Leonie liegt mir schwer im Magen. Sie macht Schlimmeres durch, als Du Dir vorstellen kannst. Wie kann ich ihr helfen und für sie da sein, wenn Sybille mir jeglichen Weg versperrt? Sie hat keine Zeit verloren mit dem Umzug. Während wir uns würdevoll von Dir verabschiedet haben, kam Leonie in eine leere Wohnung, in der sie einen Zettel hängen sah, auf dem ihre neue Anschrift vermerkt wurde. Was denkst Du, wie es in Deiner Tochter aussah? Sie ist völlig entwurzelt. Ich war ihre erste Adresse, als sie weinend den Zettel abgerissen hat und nicht wusste, wie sie in die andere Stadt kommt. Auf der gemeinsamen Fahrt hat sie mir Schreckliches anvertraut. Ich fühle mich allem nicht gewachsen. Verzeih mir, Ann, bitte«, schluchzt Jonna und sinkt in sich zusammen.

Unsere ›Mamas‹ ziehen uns weg, wogegen ich mich mit ganzer Kraft sträube. Zu befürchten, dass das ›gute Schicksal‹, das uns mit Leonie verbindet, hier mit beerdigt wurde, verkraftet meine kleine Hundeseele nicht.

Wofür bittet Jonna um Verzeihung?

»Nein, lasst mich«, schreie ich unsere ›Mamas‹ an.

»Ich gehe nicht weg, ohne dass uns Jonna erzählt, was hier los ist«.

Diese dreht sich – aufmerksam geworden – zu uns um, steht auf und rennt in eine andere Richtung.

Nicht ohne mich.

Bitte nicht!

Traurig schaue ich hoch in die Augen meiner Halter, bis plötzlich die Hundeleinen zu Boden fallen.

»Komm Eddy, schnell«.

Wenig später stoppen wir Jonna am Ausgang des Friedhofes.

»Du bist uns eine Erklärung schuldig. Da arbeitest Du mit uns an einem Ablenkungsprogramm für traurige Kids, obwohl Du gewusst hast, dass Leonie niemals mitmachen kann?

Wofür hältst Du uns und für wen Dich?

Ich dachte, wir seien Dir wichtig.

Ohne Leonie kannst Du Deine Scheißgruppe alleine vermarkten. Gerade bei Dir hatte ich ein gutes Gefühl, versprach mir von Dir Ehrlichkeit und Herzenswärme. Verlogen bist Du und brichst auf Umwegen zwei Hundeherzen. Wir hätten uns ewig weiter an der Nase rumführen lassen, hätten wir nicht zufällig Deine Worte verfolgt.

Sprachlos macht mich, dass Du von Schrecklichem sprichst, das Leonie widerfährt.

Und dem fühlt sich eine Frau nicht gewachsen, die das arme Mädchen großmütig uns gegenüber als ›Tochterersatz‹ bezeichnete?

Du wusstest, was uns Leonie bedeutet, mehr als jeder andere, den wir trafen. Halte Dein verlogenes Selbstbild nach außen aufrecht, uns bist Du los.

Von mir aus jodele hier vor Ann-Kathrin ›Lügen haben kurze Beine‹, begleitet vom ›Gute-Laune-Tanz‹.

Gab es nicht im Fernsehen diese Holzpuppe, die durch eine wachsende Nase ihrer Lügen überführt werden konnte? Eindeutig, woher Deine Leidenschaft für diese Materialarbeiten rührt. Guter kostenloser Tipp von einem Shih Tzu: Baue Dir eine megalange Nase aus Holz und trage sie ganztägig mit einem Band um den Kopf, dann läufst Du nicht Gefahr, anderen Unterstützung vorzugaukeln.

Wenn Du gleich nach Hause kommst, startest Du Deinen Rechner und entfernst Eddys und meinen Namen von der Website, auf der Du für eine Clique Werbung machst, die unter falschen Voraussetzungen unsere Zustimmung fand.

Das ist keine Bitte.

Ich wünschte, Ann-Kathrin wäre die Hospizmitarbeiterin und Du würdest hier liegen.

Du sprichst an ihrem Grab von Freundschaft? Übel wird mir, kotzelend. Für mich bist Du gestorben«.

Ich spucke ihr - entgegen einer guten Erziehung - direkt vor die Füße und lasse sie stehen.

Eddy muss ich nicht zum Mitkommen bewegen, er ist mir längst vorausgegangen.

Meine Zerrissenheit zwischen der Frage, ob er mit meiner Abrechnung ein Problem hatte und der, ob er mit meinen Äußerungen, so hart sie auch waren, konform geht, löst er später auf.

Dankbar schmiege ich mich - zurück in unserem Heim, liebevoll ›Burg‹ getauft, weil wir uns nirgends beschützter fühlen - an meinen ›Herzensbruder‹.

Er hat vorzeitig den Friedhof verlassen müssen, weil nicht Jonna, sondern ich ihm leidgetan hätte.

In einer derartigen Verfassung hat er mich zuvor nie erlebt, was die Wut auf sie immens verstärkt habe, sodass er kurz vor einem

Kontrollverlust stand. Mit einer Eskalation wäre niemandem gedient.

Sein Aufatmen muss seinen Worten zufolge dem halben Ort zu Ohren gekommen sein, als er gesehen hat, dass ich ihm folge.

An einen Abschied ohne Wiederkehr hätten wir nie geglaubt, als wir Leonie zum letzten Mal bei der Beisetzung ihrer geliebten Mama sahen.

Stirbt ein Mensch, hat man keine Wahl, aber unsere Kleine lebt – nur nicht mehr in unserer Nähe.

Wie verkraften wir in der folgenden Zeit dieses herzzerreißende, schmerzliche Vermissen?

Enttäuscht, aufgewühlt und in dem Bewusstsein, mit unserer Mission definitiv gescheitert zu sein, schlafen wir erschöpft ein. Wir haben uns, – das bleibt beständig.

Zweite Chance

ilde Diskussionen am Frühstücks-
tisch?

Meine ›Mamas‹ wissen, wie heilig mir der
Vormittag ist. Als Langschläfer und ab Mittag
›zum Leben Erwachter‹ weiche ich notfalls von
meinen Vorlieben ab – bei triftigen Gründen,
die keinen Aufschub dulden.

Unsere ›Missionen als Eddy und Mo‹ die
Welt ein Stück besser zu machen, fallen in
diese Kategorie, doch die aktuell Laufende
steckten wir gestern in die Schublade.

Leonie würde ich gelten lassen, indessen
erinnert mich die Stimme unten, die sich
zwischen die mir wohlbekannten mischt, an die
Frau, die ich gestern ›verbal beerdigt‹ habe.

Ich stoße Eddy an, um mir meinen an-
stauenden Frust von der Seele zu reden.

»Wach auf, ich kann nicht schlafen«.

Seine müden Augen muss ich ignorieren, um dem schlechten Gewissen etwas entgegenzusetzen.

Er murmelt und schließt erneut die Luken.

»Hey! Bevor Du Dein Leben verschläfst, reiße Dich lieber zusammen und spitz mal deine Ohren.

Ist das Jonna?«.

Als er diesen Namen registriert, reißt er seine ›Gucker‹ weit auf, springt aus dem Körbchen und baut sich vor mir auf.

»Auf keinen Fall gehst Du dazwischen, Mo. Hörst Du? Eine breite Palette von Frust, Verzweiflung, Betroffenheit, Erschöpfung und Verstimmung hast Du ihr aufgezählt. Jedes weitere Wort ist überflüssig«.

Warnung oder Mahnung?

Potenziell aus einer Motivation heraus, dass ich mich nicht erneut bis zum Beinahe-Herz-

stillstand in etwas hineinsteigere, das ver-
schlossen bleiben sollte.

Ehrlich gebe ich meinen Stolz darauf zu,
endlich meine Meinung vertreten zu haben.
Richtig verbal meine ich, da ich dazu neige,
entsprechende Dialoge gedanklich durchzu-
spielen, bis ich sie hinunterschlucke und sie
schweigend mit mir ausmache, traurig und bei
Eddy haltsuchend.

Habe ich ALLES gesagt?

Was will die Heuchlerin dann noch bei uns?
Sich bei meinen Leuten über mein Auftreten
beschweren?

»Eddy? Hörst Du nicht, wie schlecht sie mich
macht?«, wende ich eine kleine Flunkerei an.

Wie ein ›Ninja‹ startend, der auf Zeit den
Parkour effizient durchlaufen muss, sehe ich
das letzte Stück seiner Rute.

Mach Dich auf was gefasst, Jonna, meine
stärkste Geheimwaffe ist auf dem Weg.

Von Neugier getrieben schleiche ich an die oberste Stufe der Treppe, um zu hören, wie mein Beschützer für mich einsteht.

»Dass Du Dich hierher traust Jonna«, höre ich ihn erbost die Alibifreundin von Ann-Kathrin und Leonie hart ins Gericht nehmen.

»Was stimmt mit Dir nicht? Statt einer Entschuldigung verbreitest Du erneut Lügen? Mo hat nicht verdient, wie Du über ihn sprichst. Er, der Inbegriff einer treuen und ehrlichen Haut, hat Dir lediglich seine Enttäuschung vor Augen geführt.

Du sprichst ständig von Deinem Engagement, wofür wir Dich bewundert haben, bis wir hart aufschlugen.

Du bist eine Blenderin, Jonna. Höre ich noch ein schlechtes Wort über den, der wirklich Gutes tut, statt es - wie Du - anderen vorzuspielen, wirst Du Dir wünschen, uns nie getroffen zu haben«.

Wow, er hat mein Statement vom Vortag noch übertroffen.

Gebannt warte ich auf das nächste verlogene Ausweichmanöver dieser gewinnsüchtigen Schwindlerin.

Aus welchem Grund ist es jetzt ruhig?

Unter anderen Umständen hätte ich mich schlafen gelegt.

Die Stille hindert mich.

Tapp. Tapp. Tapp.

Vom Flur aus sehe ich Eddy nicht und ich vermute, dass er den Garten durchstöbert, um sich zu beruhigen.

Meine Frauchen sitzen am Wohnzimmertisch und trösten eine weinende, dem Selbstmitleid verfallene Frau.

Ihr seid gottverdammte Verräter.

Sie spielt nicht nur mit Gefühlen, sondern inszeniert sie.

Zugegeben nicht schlecht, wie sie die Gebrochene mimt.

»Bitte komm zu uns, Mo«.

Verdammt, sie haben mich entdeckt.

»Muss ich fürs Theater Eintritt zahlen oder gibts das gratis?«.

Haben meine ›Mamas‹ tatsächlich mit den Augen gerollt?

Jetzt reicht es.

Ob Johanna Zufriedenheit erlangt, wenn sie überall Unfrieden stiftet, wo ansonsten Harmonie lebt?

Bei ihrem Namen hatte sie bereits gelogen, wir hätten wissen müssen, wie sie tickt.

Weil sie einsam und verbittert ist, muss sie nicht mit der Demontage einer glücklichen Familie starten.

Ich mach mich weg.

Weit komme ich nicht und werde von einer meiner Frauchen geschnappt und in die Nähe der Frau gebracht, die es für mich seit gestern nicht mehr gibt.

Labere mich bloß nicht zu.

Johanna mit ›ha‹ steht auf und steuert unmittelbar auf mich zu.

Ihrem erzwungenen Streicheln in einer mich ausgeliefert fühlenden Situation, entziehe ich mich gekonnt.

Reiz mich nicht, ich kann noch anders.

»Hör ihr bitte, bitte zu. Wir holen Eddy rein«. Erweichen lasse ich mich nicht, nur weil ich die folgende Darbietung einer Ausredengeladenen Entschuldigung akzeptiere.

Eddy liegt inzwischen - ebenso genervt - neben mir auf dem Flauschteppich. Wenn uns langweilig wird, verlieren wir uns hier in Spielereien, die wir auch jetzt vorziehen, bis wir den Namen Leonie hören und hochgucken.

»Du hast gewonnen, Jonna, wir sind ganz Ohr«, kommt Eddy ihr ein Stück weit entgegen.

»Sie heißt Johanna«, korrigiere ich wütend.

»Jonna« höre ich aus der Erwachsenenecke.

»Ausdrücklich« amüsiere ich mich.

»Wie war das gleich? Das ›ha‹ als Ausdruck des Lachens fiel bei Dir weg. Dass ich nicht lache. Schnuppe. Leg los«.

Ohne ihr ins Wort zu fallen, schalte ich auf Zuhören um, wenn mir dieses Zusammenreißen auch viel abverlangt.

Noch weinend erzählt ›Johanna ohne ha‹ von Leonie und dem Versprechen, dass sie Ann-Kathrin am Sterbebett gegeben hatte.

Tatsächlich sei Ann die beste Freundin gewesen, die sie gehabt habe. Folglich sei es zu zahlreichen, sehr intimen Gesprächen gekommen, meist habe sie stundenlang nach Feierabend an ihrem Bett gesessen.

Was sie erfahren musste, habe ihr den Boden unter den Füßen weggezogen.

Sie blickt uns an.

»Lieber Eddy, lieber Mo. Ihr habt es mir ordentlich gegeben und ich kann Euch verstehen. Ich will nicht, ich muss mich rehabilitieren. Ich nahm allen Mut zusammen und sagte Ann frei heraus, dass ich Leonie wie eine Tochter liebe. Entgegen meiner Befürchtung, Eifersucht in ihr zu schüren, ernannte sie mich zu ihrer einzigen Hoffnung. Ihre Bitte, mich um Leonie wie eine Mama zu kümmern, wenn ihr Kampf zu Ende geht, hat mich außerordentlich berührt. Viel zu schnell gab ich ihr dieses Versprechen, bis ich Sybille kennenlernte, die Euch nicht unbekannt sein dürfte. Sie stand eines Tages in meinem Dienstzimmer und bedrohte mich, weil Leonie in ihrer Gegenwart schwärmte, bei mir ein neues Zuhause zu finden, wenn ›es‹ so weit wäre. Leonie sprach erstmals wieder von Zukunftsplänen. Sie wollte zurück an ihre alte Schule und malte sich aus, ehrlich auf alle Lehrer und Klassenkameraden zuzugehen und endlich über ihre schwierige familiäre Lage zu berichten, um ihren Rückzug verständlich zu machen. Alte Freundschaften aufleben lassen, neue schließen, diese pflegen und sich Hobbys suchen. Sie sprudelte förmlich über und wirkte trotz der für sie schwer aushaltbaren Zustandsverschlechterung ihrer geliebten Mama nicht, als sei sie am Leben verzweifelt. Bis Leonie und ich der Forderung von Sybille, die Vormundschaft für ihre Nichte zu beantragen, nichts mehr entgegenzusetzen hatten. Um Ann nicht zusätzlich zu belasten, verzichteten wir einstimmig darauf, ihr von den Vorkommnissen zu erzählen. Ich blieb vordergründig bei meinem Versprechen, wofür ich mich gestern bei ihr entschuldigen musste, weil es mich quält, ihr den letzten Wunsch nicht erfüllen zu können«.

Keiner von uns versteckt seine Tränen vor den anderen, als Jonna den Kopf auf ihre verschränkten Arme legt und schluchzt.

Ich finde keine Worte, die gerade jetzt wichtig wären, sondern versage am Gefühle-Sortieren auf ganzer Linie.

»Du bist durchaus eine Jonna«, ist das Einzige, was mir einfällt.

Sie hebt ihren Kopf und schaut mit rotverweinten Augen zu mir.

»Und Du bist ein besonderer Shih Tzu Mo, mit einem außergewöhnlichen Westie an Deiner Seite. Bei all den harten Worten sah ich diese liebevollen Freunde, Begleiter, Wohltäter und Nicht-Weggucker in Euch.

Wer wie ihr viel Liebe in sich trägt, verletzt nicht, er heilt.

Als Ihr weggelaufen seid, war das Einzige, was mir klar wurde, dass Leonie recht hatte. Ihr seid unersetzbar, nicht nur für sie«.

Eddy will wissen, ob nicht jeder eine zweite Chance verdient hat, woraufhin Jonna deutlich macht, dass sie gern von uns eine bekommen würde.

Demütig macht es uns, weil auch wir um eine bitten müssten.

Bei schönstem Wetter gehen wir in den Garten, setzen uns ins Gras und genießen diesen wichtigen Austausch, der noch kein Ende findet.

Unglaubliches erfahren wir.

Der Tag der Beerdigung von Ann-Kathrin und das Fortbringen von Leonie in ihr neues Zuhause führten zur Dekompensation einer Depression, die in früheren Jahren nach eigenen Schicksalsschlägen ihren Ursprung fand. Darum die Krankschreibung. Zudem erfuhr sie auf der mehrstündigen Fahrt von der verzweifelten Leonie, was sie bei ihrer Tante erdulden müsse.

Sybille ist Spiegeltrinkerin und unter Alkohol gewalttätig.

Deshalb sei es bei Leonie zur Flucht in den Drogenkonsum gekommen. Sie habe sich ›wegballern‹ und nichts mehr spüren wollen.

»Das Betreten der Hölle war der Abschied von Ann. Ich dachte, es gäbe nichts Schlimmeres, bis ich begriff, dass ich aus der Hölle nicht mehr herausfinde, weil ich Leonie absetzen musste mit dem Wissen, was ihr ab sofort bevorsteht. Ich habe wenige Freunde und konnte mich am leichtesten Ann anvertrauen, wenn es mir dreckig ging. Ihr habt einen kleinen Teil gestern aufgeschnappt. Zuvor habe ich ihr von der ›Trümmer-Clique‹ erzählt und dass diese nur ins Leben gerufen wird, wenn ich noch einen Weg finde, Leonie ein neues Zuhause an meiner Seite zu ermöglichen«.

Ich springe direkt auf Jonnas Schoss und lecke ihre Hände, die sie wie zu einem Gebet zusammengefaltet hält.

»Ich habe Dich lieb, Jonna. Mein Herz öffne ich für die wenigsten. Wir waren nicht fair, doch konnten wir den Gedanken nicht ertragen, Leonie für immer verloren zu haben. Sie bedeutet uns unendlich viel. Ist auch die bessere Option, sie in Deine Wohnung zu holen, statt sich einen Hund anzuschaffen. Wenn Leonie Durst hat, kann sie sich bei aller Selbstständigkeit am Kühlschrank bedienen«.

Alle lachen, und mich freut, dass ich mit Humor die traurige Stimmung entschärft habe.

»Eine gute ›Hundemama‹ wäre ich wahrlich nicht. Worauf Du anspielst, ist mir klar. Als ihr seinerzeit flugs gegangen seid, fiel mir rückblickend auf, wie trocken eure Mäuler waren und ihr stockender gesprochen habt. Eine Verbindung konnte ich später herstellen. Ich kaufe einen extra großen Trinknapf, den ich an die Wohnungstür stelle, weil ich hoffe, dass Ihr nun wieder zu mir...«.

»Zu Dir und unserer Leonie« schneidet Eddy ihr das letzte Wort ab.

An unsere ›Mamas‹ gewandt bittet er diese um Mithilfe, Sybille das Handwerk zu legen.

»Wir überführen sie gemeinsam, Jonna, Du musst da nicht alleine durch und wirst Dein Versprechen, das Du Ann-Kathrin gegeben hast, halten«, verdeutlichen unsere Frauchen mit zustimmendem Nicken, wie wichtig es ihnen ist, alle glücklich zu machen.

Von irgendwem müssen wir es haben.

Gestört

Wir brauchen Bildmaterial als Beweis für die schlechten Lebensbedingungen bei Sybille, um dem Jugendamt und unter Umständen dem leiblichen Vater die Tragik zu verdeutlichen. Leonie ist ansonsten chancenlos bei einem dringend notwendigen Neubeginn.

Aus Angst und Verzweiflung würden Eddy und ich mittlerweile alles tun, um unsere neue ›Herzbewohnerin‹ zurückzuholen.

Auch vor einem Mord schrecken wir nicht zurück.

Soweit mir bekannt ist, sind wir strafunmündig.

Noch kein Wort ist gefallen über Hundegefängnisse und Strafgerichte, in denen ›Vierpfoten-Roben-Träger‹ als Richter über

Unrecht urteilen, obgleich mir ein weniger drastischer Ausweg lieber wäre.

Bis ins kleinste Detail hat Jonna mit unseren Frauchen die Rettungsaktion durchdacht.

Unsere Aufgabe wird es sein, uns auf höfliche Weise Zutritt zur neuen Wohnung von Sybille zu verschaffen und unbeobachtet zwei kleine Kameras in Blumentöpfen zu verstecken.

Hört sich zu leicht an, was die Befürchtung weckt, dass ich es wieder falsch verstehe.

Es bleiben die Kleinigkeiten, die zu den größten Stolpersteinen werden.

Ich vertraue auf meinen Alleskönner-Kumpel.

Jonna bringt uns am Nachmittag in die fremde Stadt, von der Leonie verschluckt wurde.

Fieberhaft spielen wir alle Möglichkeiten durch, wie die ›Prügel-Tante‹ auf uns reagiert.

Lässt sie uns überhaupt in die Wohnung?

Spielt der Alkohol bereits tagsüber eine Rolle?

Die Rede war von Spiegeltrinkerin und ich traue mich kaum zu fragen, was das bedeutet.

Sie konsumiert vor ihrem eigenen Bildnis?

»Jonna? Trinkst Du vor dem schönen Spiegel, der in Deinem Flur hängt?«, versuche ich eine direkte Frage zu umgehen.

»Ich versteh die Frage nicht, Mo. Außerdem trinke ich keinen Alkohol, falls Du das meinst. Und wenn, müsste ich mir nicht zusehen«.

Daran sieht man, wie krank Sybille ist. Durchgeknallte Egozentrikerin.

Themawechsel.

»Muss ich die Kamera in einem Blumentopf verbuddeln?«

»Herrje, nein Mo«, lacht Jonna.

»Wir zeichnen auf, was wir zu sehen bekommen. Die Kamera muss aufs Zimmer gerichtet sein - diese kleine runde Öffnung vorn. Eingebuddelt bliebe alles schwarz oder was siehst Du, wenn Du Deinen Kopf in Erdlöcher steckst?«.

Ein ›Nein‹ hätte gereicht.

Spart Zeit, wenn wir das Ding lediglich ablegen.

»Ich übernehme das«, bietet Eddy mir an.

»Nicht dass ich Dir das nicht zutraue, aber Du beherrschst das dafür nötige Ablenken besser als ich«.

Gut, das wäre geklärt.

Am Ziel angekommen springen wir aus dem Auto und starren fassungslos auf die heruntergekommene Fassade eines Hochhauses.

In Graffiti steht dort ›Besch…leben‹, was am meisten ins Auge springt neben zahlreichen kleineren Schriftzügen, die weder für Zukunft noch für Glück, Liebe und Freundschaft stehen. Vor der Haustür sitzt ein abgewrackter Typ, der nicht aussieht, als könnten wir problemlos an ihm vorbeiziehen.

Hier kann man doch nicht leben.

Dachte ich bisher, im Zählen gut zu sein, hoffe ich auf das Nichtbeherrschen bei dreißig Wohnparteien.

»Wie viele Klingeln gibt es, Eddy?«

»Vierzig, Mo«.

Tatsächlich bin ich im Summe-Ziehen schlecht. Dass er es aber nach oben korrigiert, schockiert mich mehr noch als diese Riesenbaracke.

»Passt bitte auf Euch auf«.

Jonna bringt uns bis zur Tür und klingelt.

»Ab hier kann ich nur noch abwarten und versuchen mich abzulenken, bis Ihr unversehrt zurückkommt. Mir wäre lieber, ich könnte Euch das abnehmen, wenn Sybille mir gegenüber weniger feindselig eingestellt wäre«.

»Wir packen das« nimmt Eddy die Brisanz heraus.

»Wir holen uns und bringen Dir Leonie, wenn auch nicht gleich heute«.

Die Tür geht auf und wir schleichen uns an dem Mann vorbei, der nach Schnaps riecht und gottlob schläft.

Nie fand ich ein Schnarchen befreiender. Jonna schaut uns traurig hinterher, als wir zur Treppe laufen, weil wir am Fahrstuhlbedienen scheitern.

Was für ein Makel, dass Bauherren an Große denken und man uns Kleinen nicht berücksichtigt.

Typisch, dass uns das Glück jetzt schon verlässt und wir nicht die Erdgeschosswohnung aufsuchen, sondern weit nach oben müssen.

Irgendwo wird eine Tür geöffnet und ein fragendes ›Hallo?‹ in das Treppenhaus gerufen.

»Gleich geschafft«, motiviert Eddy mich und stützt meinen sinkenden Mut.

Tatsächlich hat das Tantchen den Spiegel hinter sich gelassen und lehnt im Türrahmen.

»Wie kommt Ihr hierher?«. Sybille scheint erfreut über unseren Besuch.

Ich hingegen zweifele an aufrichtigem Interesse an uns, will unseren wichtigen Einsatz aber nicht gefährden und überspiele meine Wut über diese bahnbrechende Verlogenheit.

»Kommt rein. Leonie ist nicht da«.

Wortlos folgen wir ihr in die Wohnung.

Was macht Eddy für Sperenzchen?

Er begutachtet die Tür wie ein neu auf dem Markt erschienenes Leckerli.

Sybille beginnt uns von den letzten Wochen zu berichten.

Leonie hätte sich perfekt eingelebt und sei glücklich in ihrem neuen Umfeld. Endlich habe sie alles, wonach sich die Arme zeitlebens vergeblich gesehnt habe. Und zum ersten Mal fühle sie sich geliebt.

»Hat sie einen Freund?«, hakt Eddy nach.

»Natürlich nicht. Sie braucht keinen, sie hat mich. Alles würde ich für sie tun. Mein unerfüllter Kinderwunsch ist vergessen. Endlich habe ich sie für mich«.

Gruselig muten ihre Worte an, eine Spur wahnhaft.

Ich will es genauer wissen.

»Wo ist unsere Leonie?«.

»Hör zu, Du Zwerg. Es ist nicht Eure, sondern meine«.

Bingo, die spinnt.

Es grenzt an Schizophrenie.

»Wo ist Deine Leonie?«, rettet Eddy unseren Einsatz, der längst durchblickt, dass diese Frau psychisch krank und außerordentlich gefährlich ist.

»Sie kauft für uns ein. Sie verwöhnt mich regelrecht und zeigt auf diese Art ihre Dankbarkeit. Ich will Euch nicht damit verletzen, aber ihr spielt in ihrem Leben keine Rolle mehr. Vor Kurzem verriet sie, wie genervt sie gewesen sei von Eurer bevormundenden Art und dass sie Euch nicht wiedersehen wolle«.

Täusche ich mich oder spielt Sybille ein Spiel?

Dabei betont traurig wirkend, als möge sie uns die Nachricht ungern übermitteln, dass wir angeblich aussortiert wurden.

Schlagartig wird mir bewusst, dass es an der Zeit ist zu handeln.

Diese ›kranke Seele‹ schürt Angst und verdeutlicht, dass wir Leonie schnellstmöglich befreien müssen.

»Autsch«.

Mit einem Riesenknall und schreiend lande ich - Pfötchen in alle Richtungen streckend und über den Fuß von Sybille stolpernd - auf dem harten Fliesenboden.

»Schnell, Sybille. Wir brauchen einen nassen, kalten Lappen, dringend«.

Eddy macht ihr deutlich, dass ich mich verletzt habe und ist wütend über diese Abgebrühtheit, nicht zu reagieren.

»Sag mal gehts noch, Du Ignorantin? Wenn er sich was gebrochen hat, mache ich Dich verantwortlich. Du hast ihm absichtlich ein Bein gestellt«.

Ihre einzige Sorge ist, dass wir nicht so schnell wieder abhauen, wie es ihr lieb ist. Bei dem Versprechen, was sie Eddy entlockt, sofort die Wohnung zu verlassen, sobald ich laufen könne, rennt sie ins Bad und mein Kumpel ins Wohnzimmer.

Nie hätte ich für möglich gehalten, ihn schneller an meiner Seite zu haben als ›Miss Realitätsverlust‹.

Ohne auf sie zu warten, rennen wir zur Tür, die angelehnt ist.

Ich wundere mich später, wir dürfen keine Zeit verlieren.

Unten angekommen poltert die Alte von oben, wir sollten uns nie wieder bei ihr blicken lassen und knallt die Tür zu, was an Erdbeben erinnert.

Zurück bei Jonna schlagen unsere Pfötchen sich ab, als sie berichtet, die ersten Bilder vom Wohnzimmer auf ihrem Handy gut eingefangen zu haben.

Auf dem Heimweg tauschen wir uns über viele unterschiedliche Gefühle aus, die jeden von uns begleiten in Anbetracht des Ungewissen, was wir in den nächsten Tagen live miterleben.

Das schlimmste bleibt die Angst um Leonie.

»Hat einer meine Sonnenbrille gesehen?«, kramt Jonna wild im Cockpit rum.

Fragend gucke ich zu Eddy, der irgendwas im Maul hatte als wir dieses Gemäuer betraten.

»Die hat Mo vorhin mitgehen lassen. Ich vermute, dass er sie fallenließ, als sie ihm zwischen den Zähnen zu schwer wurde. Unser Glück, dass sie zwischen Tür und Rahmen lag, sodass die Tür nicht zuknallte«.

Mein Einsatz zur Richtigstellung wird von unserer Begleitung im Keim erstickt.

»Mo, Du bist der Allergrößte. Bis zu meinem letzten Atemzug hätte ich mir nicht verziehen, wenn ihr eingeschlossen gewesen wärt. Es ist eine blöde Brille, alles ersetzbar. Deine Ideen hingegen nicht«.

Mit einer Hand greift sie nach hinten und streichelt meinen Rücken.

Ich behalte Eddys Story für mich und genieße meinen Heldenaufstieg, begleitet von einem breiten Grinsen.

Pech, mein Freund.

Dein Plan war verdammt gut und ich weit von einem entfernt.

Schreckliche Szenen

Die Hoffnung, dass entgegen aller Befürchtungen Leonie nicht viel erleiden muss, zerschlägt sich just in dem Moment, als wir vor Schreck erstarren.

Zuvor hatten wir uns ein gemütliches Areal geschaffen zum Abhören und Zusehen.

Erst noch entspannt zurücklehnend - bei Kaffee und Kuchen für die Großen und Leberwurst und Käse für Eddy und mich - bleibt uns alles reihum förmlich im Hals stecken.

Die ersten Szenen beginnen harmlos, weil wir Sybille beim Hausputz beobachten. Von Verwahrlosung der Wohnung keine Spur.

Leonie scheint sich nicht in den unheimlichen vier Wänden aufzuhalten.

Geht sie in eine neue Schule?

Gerade jetzt bräuchte sie uns bei allem, was sich in ihrem Leben verändert.

Unsere Observation nimmt eine drastische Wende.

Staubsauger in die Ecke stellend wird deutlich, wie diese Frau vom Alkohol gezeichnet ist.

Die kleine Zimmergießkanne, mit der sie die Grünpflanzen bewässern will, schwankt in ihrer Hand hin und her.

Jonna spricht von Tremor.

Dieser medizinische Fachjargon in Gegenwart von Laien gehört verboten.

Für mich ist es eindeutig Zittern und weit entfernt von einem Tumor - irrelevant, dem auf den Grund zu gehen.

»Uns fehlt der Ton«, bedaure ich.

»Das liegt daran, dass zu Sybilles Krankheitsbild höchstwahrscheinlich keine Selbstgespräche zählen«, klärt mich eine unserer ›Mamas‹ auf.

Hätte ich abgewartet, wäre ich von allein draufgekommen, weil ein folgender Knall unüberhörbar ist.

Die Gießkanne ist ihr aus der Hand gefallen und statt sie aufzuheben, tritt sie voller Wut gegen die Wand.

Nicht ihr einziger Ausraster.

Eine Palme scheint ihr im Weg zu stehen und wird ebenso umgerannt wie ein Luftbefeuchter.

Fassungslos macht uns ihr Gebrüll, dass Leonie ein Donnerwetter erwarten wird, wenn sie nach Hause kommt.

Wie bitte?

Alles lasse diese im Weg stehen?

Das zuvor perfekte Zimmer, in dem augenblicklich Chaos herrscht, war vor Sybilles Ausbruch eine Widerlegung der zuvor angenommenen Verwahrlosung.

Die Hyäne verlässt kurz das Zimmer und verschwindet aus unserem Blickfeld.

Perplex guckt einer - begleitet von Kopfschütteln - zum anderen, bis die Tante von Neuem von der Linse erfasst wird.

Oh nein, ich sehe eine große Flasche in ihrer Hand und schaue automatisch auf unsere Zimmeruhr.

Früher Vormittag.

»Wodka?«, fragt Eddy in die Runde.

»Sie trinkt früh hartes Zeugs?«.

»Whisky«, reagiert Jonna entsetzt.

»Es ist schlimmer als ich dachte«.

Greifbar wirkend sitzt da eine Frau auf dem Sofa, schenkt sich keinen Alkohol in ein Glas, sondern setzt die Pulle an.

Äußerst unweiblich fährt sie sich mit der Hand über den Mund und rülpst.

Am liebsten würde ich hinrennen und Leonie warnen, damit sie die Wohnung nicht betritt, weiß aber, wie dringend wir Beweise brauchen.

Die Aufnahmefunktion summt vor sich hin, doch noch haben wir nichts in der Hand, was Vernachlässigung und Gefährdung des Kindeswohls belegen könnte.

Mir wird langweilig. Seit über zwei Stunden schauen wir der Alten beim Trinken zu.

Im Hintergrund läuft Musik, die nicht zur Gesamtschau passt.

›Im Himmel gehts weiter‹ von ›Matze Reim‹.

Ein schöner Song, zu dem eine Frau schunkelt, die fern ist von Gefühlen, Liebe und Tiefgründigem.

Für Ann-Kathrin und Julian wünsche ich mir, dass es ›da oben‹ nicht das Ende ist.

Bei Sybille?

Währenddessen hat sie ihren Vorrat aufgefüllt. Eine neue Flasche steht auf dem Tisch, nachdem sie im Zickzack durch das Zimmer gelaufen war.

Was für ein jämmerliches Bild.

Die Kippen, die sie wie am Fließband raucht, runden das Bild ab.

Plötzlich klingelt es und wir sind wie erstarrt, als wir ihr Lallen hören.

»Man Leonie, dummes Ding, Schlüssel vergessen? Klar, die Alte lässt Du für Dich laufen«.

Die Freude, Leonie gleich wiederzusehen, weicht der Angst vor dem, was wir noch mitansehen müssen.

Es dauert eine Weile, bis Sybille mit Leonie von der Kamera erfasst wird.

Kurz habe ich nicht hingeschaut, weil ich Jonna schwer schlucken hörte.

Hemmungslos weint sie und ich gucke auf den Monitor.

Da steht sie!

Unsere Leonie!

In mir steigen ebenfalls dicke Tränen auf bei dem erschütternden Anblick.

Ein blaues Auge, das aussieht, als würde es jeden Tag erneuert. Ihre Klamotten, zerschlissen und dreckig, verstecken die zahlreichen Hämatome, die teilweise für Außenstehende sichtbar sind.

Ich halte es kaum aus und weiß, dass es allen am Tisch hier genauso geht.

»Leonie, weißt Du, wie es zu Deinem Namen kam? Du wärst besser ein Junge geworden. Leo. Das ›nie‹ haben Deine Eltern rangehängt, weil Du niemals Dein Leben auf die Reihe kriegst«, hören wir die betrunkene Furie brüllen.

»Zeig her, wie viel hast Du gemacht?«.

Wir begreifen, dass Leonie nicht die Schulbank drückt, als sie entschuldigend beichtet, nicht genug Pfandflaschen gefunden zu haben.

Wortlos, den Blick gesenkt, legt sie zwei Euro auf den Glastisch.

»Das ist nicht Dein Ernst! Du bist zu dumm für die einfachsten Jobs. Zieh noch mal los und komm nicht her, bevor Du den Betrag verfünffachst«, schmeißt Sybille das Geld zu Boden.

»Und bring Schnaps mit«.

Leise stammelt Leonie, dass sie sich krank fühlt, müde ist und niemand ihr aufgrund des Alters Alkohol verkauft.

»Krank?«, lacht ihr Gegenüber hämisch.

»Faul bist Du, nicht krank. Ich warne Dich, provoziere mich nicht und mach Dich hier weg«.

Leonies strikte Verweigerung mit der Erklärung, dass sie nicht mehr könne, bringt die Alte dermaßen in Rage, dass sie mit Fäusten auf unsere verlorene Freundin losgeht.

Dieses Klatschen und das Wimmern von Leonie werde ich schwer aus dem Kopf kriegen.

Wir sehen, wie sie sich mit verschränkten Armen vor ihrem Kopf zu schützen versucht, wodurch sie die Schlagende heraufbeschwört.

Sie tritt und greift nach Gegenständen, mit denen sie schmeißt.

Der letzte Knall, viel leiser und sanfter, war das Schließen des Laptops, der vor uns steht.

»Ich ertrage nicht das mitansehen zu müssen«, schluchzt Jonna.

»Wir haben, was wir brauchen. Was wir nicht haben, ist Zeit. Leonie muss da raus, dringend. Ich will sie bei mir haben und ihr zeigen, dass das Leben sich mit ihr versöhnen will«.

Beim Aufstehen fällt Jonna zu Boden, zittrig und zerbrechlich auf uns wirkend, ebenso angeschlagen wie Leonie.

Eddy springt zu ihr.

»Jonna, oh nein, was ist mit Dir?«.

Wir alle sind in Sorge, bis sie Entwarnung gibt.

»Was ist ein kleiner Sturz gegen das Martyrium, aus dem Leonie wie in einem Irrgarten das Entkommen verunmöglicht wird, solange wir nicht handeln? Helft nicht mir, indessen ihr«.

Unsere ›Mamas‹ ziehen Jonna auf die Beine, ihr Gesicht hat die Farbe der Wand angenommen. Mit Unterstützung legt sie sich auf die Couch und schläft schnell ein.

Eddy flüstert, sie solle sich gesundschlafen und könne sich unserer Rettungsmission gewiss sein.

Daddy ohne Rückgrat

Mit dem Wissen, dass Leonie bei Jonna ihr neues Zuhause finden würde, sollten wir alle behördlichen Barrieren beseitigen und ›Psycho-Tante‹ in eine Therapie stecken, verfolgen wir das nächste Ziel.

Jonna lassen wir zu Hause, damit sie zu neuer Stärke findet.

Wir suchen den Mann auf, den wir aus Erzählungen kennen.

›Flucht-Daddy‹, von dem ich mir ein Bild gemacht habe, das brüchig ist und wackelt.

Ein ›Brutalo‹, der mit Ellenbogenmentalität seine Bedürfnisse befriedigt und den ›vollen Egotrip‹ fährt.

Anders ist nicht zu erklären, wie jemand seine Familie enttäuscht zurücklassen und neu beginnen kann.

Laut Angaben hat er Ann-Kathrin nicht ein einziges Mal im Hospiz besucht und seine Tochter gleich mit verbannt.

Lediglich durch Dritte sei Leonie an Informationen geraten, dass er erneut glücklicher Papa und für sie verloren sei.

Das alles beiseiteschiebend ist er es, dem das alleinige Sorge- und Aufenthaltsbestimmungsrecht zusteht.

In mir sträubt sich alles, ihn um einen Gefallen zu bitten.

Leonies einzige Chance auf einen Neuanfang hängt von dem Wohlwollen eines Mannes ab, der ihr zeitlebens das Gefühl vermittelt hat, dass er ohne sie besser dran sei.

Wir haben keine Wahl, wenn wir sie aus den Fängen von Sybille befreien wollen.

Es gibt uns Halt und Sicherheit, dass wir als gesamte Familie wenig später die Adresse aufsuchen, die uns Jonna kürzlich genannt hat.

»Schau Eddy«, zeige ich irritiert auf ein heruntergekommenes Gebäude.

»Hier wohnt eine glückliche Familie? Im Leben nicht«.

Die Zimmerfenster sind mit Wolldecken verhängt und alles wirkt trist und trostlos.

»Seht Ihr das?«, wendet sich Eddy verstört an unsere Frauchen, die vermuten, dass wir uns in der Hausnummer geirrt haben.

Kein Irrtum, bestätigt ein Fußgänger, den wir um Auskunft bitten.

Es handele sich um eine Obdachlosen-unterkunft, in der es hart hergehe.

Am liebsten würde ich kehrtmachen, folge dann dem Rest der Familie, bis wir das ruinöse Haus betreten.

Ein Gemisch aus Urin und Schimmelgeruch bringt mich zum Würgen.

Undenkbar, dass hier eine Familie zu leben in der Lage ist.

Jonna konnte uns einen Vornamen nennen, den sie aus Gesprächen mit Leonie heraus-gehört hatte.

Wir suchen Ben.

Ein alter Mann rennt uns beinahe über den Haufen. Bislang dachte ich, es seien Vorurteile, dass alle Obdachlosen dem Alkohol verfallen sind. In mir steigt Wut auf, weil ich unweigerlich an Sybille denken muss.

»Na, betrunken?«, frage ich schroff.

»Was willst?«, stammelt der olle Trunkenbold.

»Hör auf, Mo«, mischt sich Eddy aus Angst ein, diese Situation könnte außer Kontrolle geraten.

Der Mann ist weder aggressiv noch auf Streit aus, eher wirkt er sanftmütig und zugewandt.

»Kleiner Hund mit großer Klappe? Drollig«.

»Wo finden wir Ben?«, ergreife ich die Initiative und erhalte prompt eine Auskunft, mit der wir arbeiten können.

»Benjamin? Der kriegt wahrlich mal Besuch? Kommt, ich zeige Euch, wo er haust. Sein Zimmer liegt neben meinem«.

Wir gehen durch einen langen dunklen Flur, bis der Tippgeber auf eine Tür deutet.

»Grundsätzlich schläft er. Das tut er am liebsten. Weck ihn ruhig, er wird sich freuen. Ich gehe jetzt mein Leben weiter genießen und begießen«.

»Eddy? Wie kann man ein derartiges Leben genießen?«.

»Mit einer Portion Sarkasmus, Mo. Ich erkläre es Dir später«.

Unsere ›Mamas‹ öffnen die Tür einen Spalt, nachdem niemand auf ihr Klopfen reagiert.

In einem kleinen Raum gibt es kein Mobiliar außer einer dreckigen Matratze, auf der ein Mann liegt, der nicht nach Glück ausschaut. Er schnarcht und ich suche nach leeren Flaschen. Zu meiner Überraschung entdecke ich Saft in Päckchen aus Karton.

»Benjamin?«, schreie ich wie einen Bundeswehrappell heraus, weil ich das Abwarten nicht ertrage.

Der Mann schnellt hoch und guckt entgeistert zu uns.

»Wer seid Ihr?«, fragt er eingeschüchtert.

Unsere Frauchen erklären ihm, aus welchem Anlass wir hier seien und dass sie vermuten, es handele sich um eine Verwechselung.

Bis der Mann sich erhebt, sich verloren gibt und den Kopf schüttelt.

Er ist dünn wie ein Gerippe und wirkt kraftloser als Jonna vorhin.

»Keine Verwechselung. Auf die Gefahr hin, Euch zu enttäuschen, ich bin Leonies Daddy«.

Traurig kommt es uns vor und weit entfernt von meinem erdachten ›Mr. Brutalo‹.

»Geht es ihr und meiner Frau gut?«.

Wirkliches Interesse an seiner Familie klingt durch.

Er zögert, als unsere ›Mamas‹ ihn in ein Café einladen, an dem wir vorhin vorbeigekommen sind.

Seine Aussicht auf ein Sattessen und Aufwärmen ist stärker als der Einwand, uns in dem Zustand nicht begleiten zu können.

Wir erfahren Weiteres über die Zustände in der Unterkunft, die zwar über Sanitäranlagen verfüge, er sie allerdings nicht nutze, weil kein warmes Wasser zur Verfügung stehe. Zudem mangele es ihm an Hygieneartikeln und frischen Klamotten.

Wir versichern, über alles hinwegzusehen, obwohl hinweg riechen passender wäre.

Rasierapparat gleich Mangelware?

Dem ungeachtet befinde ich mich angesichts der heiklen Situation, aus der wir Leonie befreien müssen, nicht in der Position Defizite zu bemängeln.

Im Café angekommen schaue ich ihn mir intensiv an.

Hübsches Gesicht, was mich vermuten lässt, dass er zuvor ein attraktiver Mann war.

Vieles bleibt rätselhaft.

Ist er das wirklich, der Leonie ständig das Gefühl gegeben hat, sie als Mädchen nicht genügend zu lieben?

Der seiner früheren Frau am Ende ihres Lebensweges nicht ein einziges Mal zur Seite stand?

»Wo hast Du Deine neue Frau und das eingewechselte Kind?«, platzt es aus mir heraus, während alle um den heißen Brei reden.

Traurig senkt er den Blick auf seine Beine.

»Ich liebe nur eine Frau, meine Ann. Meine Kinder sind Leonie und Julian. Nie wollte ich ein weiteres. Ich musste lügen, weil ich mich für meinen Abstieg schäme«.

Ein Drama, worüber er offen berichtet.

Er habe den Tod seines kleinen Sohnes bis heute nicht verkraftet.

Seine Frau sei stärker gewesen und statt es als Stabilisator zu nutzen, habe er ihr vorgeworfen, Julian nicht zu vermissen. Sie hätten viel gestritten.

Leonie habe er als kalt empfunden, weil sie sich intensiver um ihren Hund gekümmert habe, als sei er mehr wert gewesen als ihr kleiner Bruder. Als sein Leiden kaum noch von der Familie wahrgenommen worden sei, habe er zu unfairen Mitteln gegriffen, um sich Luft zu machen. Sich dafür abwertend und unerträglich für sein Umfeld sei er kurzerhand gegangen. Er habe die Menschen aufgegeben, die er am meisten geliebt habe.

Ben beginnt zu weinen.

»Tränen gab es lange nicht mehr, ich glaubte, es verlernt zu haben. Vermutlich, weil ich niemanden hatte, mit dem ich über alles sprechen konnte«.

Richtig gebrochen wirkt er zehn Minuten später, als er von unseren Frauchen den Grund unseres Besuches erfährt.

Der Tod seiner Ann sei gerade das Schlimmste nach dem Tod von Julian, was er habe durchmachen müssen.

Wie er bereut, sich nicht mit ihr ausgesprochen zu haben, klingt aus jedem seiner Worte.

Dass es Leonie nun dermaßen hart getroffen habe, erschüttere ihn und er würde am liebsten was tun.

»Das kannst Du«, ermutige ich ihn. »Nur Du«.

Fragend schaut er reihum und erfährt von den Videoaufnahmen und hört von dem ›Engel Jonna‹.

Ob er über seinen Schatten springen und helfen könne, will Eddy wissen.

»Es ist das Einzige, was ich für meine Familie noch tun kann. Aber so?«, deutet er auf sein Äußeres.

»Lass uns machen«, bittet mein Freund. »Wir kommen Dich morgen holen und bringen das mit, was aus Dir einen Menschen macht«.

Unsere ›Mamas‹ nicken zustimmend und wirken genauso glücklich wie Eddy und ich, dass endlich Hilfe für Leonie greifbar ist.

Erste Schritte

Am folgenden Tag soll es zum ersten Aufeinandertreffen zwischen Jonna und Ben kommen, auf das sie sich freut angesichts ungeklärter Fragen.

Sich ein eigenes Bild von einem Mann machen zu können, der sich konträr verhält zu den Wesenszügen, die Ann ihr beschrieben hatte, fordert ihr Gespür für Nichtbewertung ohne Prüfung.

Vorab berichten wir ihr von den Geschehnissen des Vortages und sie ist sichtbar gerührt von seiner Geschichte.

Wie schlecht muss es ihm in all den Jahren ergangen sein?

Er hatte alles und geriet ins Abseits.

Als wir mit Ben unser Haus betreten, schleusen wir ihn sofort ins Badezimmer, in dem Jonna ein heißes Bad eingelassen hat, bevor sie sich diskret zurückzog.

Das ahme ich ihr nach, nackte Männer sind nicht so meins.

Eddy, neugierig wie er ist, bleibt stehen, bis ich ihn rufe.

Rummäkelnd folgt er mir ins Schlafzimmer.

Nun heißt es abwarten, bis der ›Gammel-look‹ der Vergangenheit angehört.

Unsere ›Mamas‹ waren nicht zeitlebens Singles und fanden diverse vergessene Männerklamotten im Ankleidezimmer.

Wir sind gespannt.

Nach der Komplett-Restauration trauen wir unseren Augen nicht.

Vor uns steht ein Beau.

Großgewachsen, hübsches Äußeres mit cooler Jeans und weißem Hemd.

Das nenne ich eine Verwandlung vom Biest in das Schöne.

Der Typ gehört definitiv nicht in einen von Motten zerfressenen Jogginganzug oder auf eine von Schimmel überzogene Matratze.

Von unseren Familienoberhäuptern mit einem neuen Haarschnitt versehen, sich die Zotteln aus dem Gesicht rasiert und verdammt wohlriechend, fühlt er sich gerüstet für das Aufeinandertreffen mit der Frau, die für seine Ann unbeschreiblich Wertvolles getan hat.

Im Wohnzimmer ist es so weit.

Jonna steht vom Esstisch auf und geht auf Ben zu.

Ohne Worte fallen sie sich in die Arme, als würden sie sich ewig kennen.

Beide weinen.

Um ihre gemeinsame Ann, das ist uns klar.

Aber auch wegen Leonie.

Nach einem warmen Mittagessen, das Ben outet, wie wenig Nahrung er zu sich nimmt, indem er zweimal schüchtern um Nachschlag bittet, zeigen wir ihm die Aufnahmen.

»Ich habe es mir schlimm vorgestellt, doch das übertrifft alles. Diese Frau ist eine Hexe. Ann hätte nicht gewollt, dass Leonie bei Sybille lebt. Hätte ich mich bloß gekümmert, um unserer Tochter das zu ersparen«.

Abermals entschuldigt sich Ben für seine Lebenslügen.

Er habe sich geschämt für seinen persönlichen Abstieg.

Kurz nach dem Verlassen seiner Familie sei es bergab gegangen.

Schwere Depressionen hätten mit Medikamenten behandelt werden müssen, die ihn daran gehindert hätten, seinen gewohnten Tagesablauf aufrechterhalten zu können.

Dauerhaft sediert habe er erst die Kontrolle über eine Struktur, dann über sich verloren.

Irgendwann sei es nicht mehr gelungen, morgens – durch das Handy geweckt – aufzustehen, um den Dienst anzutreten.

Bis er tagelang liegen geblieben sei. Er habe den Job verloren und damit den größten Stabilisator.

Es habe sich eine Eigendynamik entwickelt.

Zugedröhnt mit Antidepressiva, fernab von Hilfesuchverhalten bei Ämtern, habe er die Miete für sein kleines Appartement nicht mehr aufbringen können, bis er auf der Straße gelandet sei.

Zu stolz, um sich die gravierenden Probleme einzugestehen, habe er sich letztendlich mit der Obdachlosigkeit arrangiert und begonnen, von einer fantasierten neuen Familie zu sprechen, um nicht Gefahr zu laufen, dass Leonie nach ihm sucht.

»Sie hätte sich geschämt mit diesem Versager als Vater«.

»Hätte sie nicht«, rüttele ich an seiner Hose.

»Weißt Du wirklich was über Deine Tochter? Kannst Du Dir vorstellen, wie einzigartig sie ist? Sie hat Dich abgewertet, weil Du eiskalt Deine Familie ins Nirwana geschubst hast. Bei einem Versuch des Ehrlichseins und Anvertrauens hätte sie Dir ebenso verziehen wie Deine Ann«.

»Hör auf Mo. Siehst Du nicht, wie fertig ihn alles macht?«, mischt Eddy sich ein.

»Es geht jetzt nur noch um Leonie«.

Ben betont, seiner Tochter keine Zukunft bieten zu können bei weiter bestehenden Problemen, die gegen das alleinige Sorgerecht sprechen.

Dankbar nimmt er konstruktive Vorschläge entgegen, die ihm Jonna unterbreitet.

In ihrer Dachgeschosswohnung sei zu wenig Platz für drei.

Hört sich an, als überlege sie, ihn ebenfalls bei sich aufzunehmen.

Das geht mir alles zu schnell und zu weit.

»Jonna«. Ich weise sie zurecht.

»Er ist gerade erst Witwer geworden«.

Jonna grinst.

»Mo, Du Schlingel, ich bin viele Jahre Witwe und noch immer nicht interessiert an einem neuen Mann. Würden wir zu dritt leben, dann in Form einer Wohngemeinschaft, zum Vorteil von Leonie«.

Diese Pluspunkte zählt sie prompt auf und ich öffne mich für eine tolle Idee.

»Morgen gehe ich mit Dir zum Jugendamt«, zeigt Jonna auf Ben.

»Wir packen die Videomitschnitte ein und Du beantragst das Dir zustehende Sorgerecht. Als Anschrift gibst Du meine an und wirst bei mir wohnen, bis wir eine WG-geeignete Unterkunft finden. Die Agentur für Arbeit ist unsere nächste Anlaufstelle. Du musst viel in Angriff nehmen. Alle, nicht nur wir müssen merken, wie ernst Dir ist, Deiner Tochter ihr früheres Zuhause zurückzugeben«.

Zufrieden schauen wir vier die beiden an und hören ihnen beim Pläneschmieden aufmerksam zu.

Es geht nach vorn und wir sehen Leonie in unserer Mitte - befreit und auf dem Weg in ihr neues Leben.

Frei

Quälende Gedanken, die Leonie zum Inhalt haben lassen Eddy und mir keine Ruhe.

»Wir sind unsere Mission los« bemerke ich traurig, »ohne sie auf Jonna übertragen zu haben«.

»Nichts wird abgegeben, Mo. Davon unberührt sind Dinge, die menschliches Handeln voraussetzen. Wir sind für Leonies Herz zuständig, die anderen treten für das Aufenthaltsbestimmungsrecht ein. Bürokratie ist nichts für uns, weißt Du aus Erfahrung«.

Getröstet und innerlich gewärmt male ich mir in den schönsten Farben aus, wie wir Leonie retten.

Sie fehlt.

Unsere Frauchen beherrschen es, aus zähen Stunden rasante zu machen.

Im Tierpark üben Eddy und ich vor dem Gehege das bissige Auftreten.

Mein Kumpel rastet förmlich aus bei dem Versuch, einen Rehbock zu jagen, der mit seinem Geweih aufgebracht gegen den Zaun schlägt.

Na, hoffentlich hält das Silbergeflecht, ich will kein Zeuge von Rachegelüsten sein.

Mir persönlich bringen die Enten am meisten Spaß.

Ich bewundere ihr dauerhaftes Schwimmen ohne dass sie atemlos an Land flüchten, wie ich es machen müsste.

Da drüben sind ›Grunzis‹.

Dass wir hier auf Schweinchen treffen, ist ein gutes Zeichen. Symbol des Glücks oder? Schicksal wäre es in den Augen von Leonie, ich sehe es als Wink.

Überglücklich, ausgepowert und müde beugen wir uns nach zwei Stunden dem Wunsch zum Auto zurückzukehren.

Auf der Rückfahrt unterhalten sie sich vorn über irgendwelche rechtlichen Dinge und deren Bedeutung.

Bin ich erleichtert, dass wir aus der Beamten-herrschaft raus sind. Lieber kümmere ich mich um das kleine schlagende Ding in Leonies Brust.

Erholsames Schlafen ist nach ausgiebigen Spaziergängen das Wichtigste für uns, bis ein Handy klingelt und wir hören, dass sich Jonna und Ben ankündigen.

Haben sie gute Neuigkeiten?

Trete aufs Gas da vorne. Du hast kein Moped unterm Po.

Endlich angekommen – in Sonntagsfahrer-Manier – kommt uns das Öffnen des Koffer-raumes elend lang vor.

Genießen die ihr Leben heute in Zeitlupe?

Auf den Boden gesetzt rennen wir los. Niemand steht vor unserer Tür.

Beifalls-Pfoten-Klatschen.

Sind sie wieder abgehauen?

»Holt sie zurück«.

Meine Enttäuschung unterdrückend klingt es tatsächlich nach einer Bitte, obwohl ich sie mit einer Brise Pfeffer sanktionieren möchte.

Eine unserer ›Mamas‹ durchschaut mein Drängeln.

»Ihr schnappt was auf und setzt Wortfetzen zusammen, von kontinuierlichem Verfolgen weit entfernt. Jonna findet erst am Abend Zeit herzukommen. Ruht Euch aus«.

Wortfetzen?

Zu mehr nicht in der Lage sein?

Pah!

Übertreibt es nicht.

Ich bin durch das Herschleichen auf vier Rädern gereizt bis unter die Stirn. Wenn Ihr ein Problem habt mit meiner Ungeduld, dann hält man sich keinen Shih Tzu.

Beleidigt drehe ich mich weg und verschwinde im Haus.

Selbst das Türöffnen ziehen sie in die Länge.

»Eddy?«, versichere ich mich, dass er mir zum Schlafplatz folgt.

»Ich bin hinter Dir. Komm runter, Mo«.

»Nee, ich will nach oben«.

Eddy lacht.

»Fahr Dich runter«.

Jetzt fängt der Bengel auch noch an. Ich habe die Schnauze gestrichen voll vom Fahren, einzig die Flucht ins Körbchen heilt meine zerrissenen Nerven.

Weggekuschelt an Eddys Seite beruhige ich mich, was Eddy eventuell gemeint hat.

Seit uns eine Sprache gegeben wurde, ist das Leben wesentlich schwieriger.

Ein Wort, zig Bedeutungen.

Das löst keinen Stress aus?

Wir stehen vor vielen Aufgaben, unterliegen dem Zeitdruck, weil jeder Tag bei Sybille für Leonie unerträglicher wird.

Dass meine Emotionen überkochen sollte keinen verwundern.

Ist später eine Entschuldigung fällig?

Theoretisch von mir gefordert?

Praktisch warte ich lieber darauf, dass die Großen sich zu einer herablassen. Wir machen alle Fehler, ihre sind schwerwiegender.

Ausgeschlafen und voller Tatendrang fällt es schwer auf Bergung zu warten.

Jonna verspätet sich und reiht sich heute in die Liste derer ein, die mich mit Charakterschwächen herausfordern.

Unpünktlichkeit hasse ich, wenn nicht ich es bin, der - natürlich mit akzeptabler Entschuldigung - die Zeit vergisst.

Lichtjahre später - erlöst vom Klingeln an der Tür - erfahren wir, wie es weitergeht.

Jonna betritt freudestrahlend unser Haus, gefolgt von Ben, der nichts mehr verkörpert von dem Typen, den wir vor Kurzem als Irrtum betrachteten und von einer Verwechslung ausgingen.

Scheinbar waren die beiden shoppen, Ben sieht verdammt ›erneuert‹ aus.

Moderne Jeans und brillantes schwarzes Sakko.

Hat Jonna ihm die Haare gefärbt?

Jünger wirkt er und dazu diese strahlenden Augen. Eine besondere Erwähnung verdient sein Shirt mit dem Aufdruck ›Eddy und Mo im Powermodus‹, darunter ein Foto, auf dem wir eng beieinandersitzen. Gerührt sind in dem Moment alle um ihn herum.

Ich will den melancholischen Moment nicht sprengen und verfluche mich für mein Auflösen der Harmonie, die im Raum schwebt.

»Habt Ihr Leonie?«.

Jonna merkt, wie es uns unter den Krallen juckt.

»Wir haben viel zu berichten. Ben, willst Du?«, gibt sie das Mitteilen positiver Erfolge bereitwillig an ihn ab.

Gemütlich sitzen wir bei Kerzenschein zusammen und lauschen jedem Wort.

Wir erfahren, dass die Mitarbeiter des Jugendamtes erschüttert gewesen seien über das, was sie auf dem Stick mitansehen mussten. Für sie sei es keine Frage einzuschreiten und Leonie aus den Fängen dieser Frau zu befreien. Die Polizei einzuschalten und Sybille wegen körperlicher und psychischer Gewalt gegenüber Schutzbefohlenen anzuzeigen, sei keine Bitte, sondern unumgängliche Forderung des Jugendamtes. Einen Antrag auf das alleinige Sorgerecht müsse Ben nicht explizit stellen, weil mit dem Tod seiner Frau dieses automatisch auf ihn übergegangen sei.

Hilfreich sei das Hinterlegen der neuen Anschrift gewesen, die Jonna möglich gemacht habe.

Den ganzen Tag seien sie beschäftigt gewesen, sein Leben zu regeln. Er besitze einen neuen vorläufigen Personalausweis und sei bei der Agentur für Arbeit vorstellig geworden. Zurzeit sei es aufgrund von Kurzarbeit und Homeoffice in der Pandemiezeit schwer, eine neue Arbeit zu finden; zumindest erhalte er Bezüge, sodass er sich an der Miete beteiligen könne.

»Ich fange neu an mit meiner Leonie«.

Er lächelt Jonna an.

»Und mit der besten Freundin, die meine Familie finden konnte«.

»Alles schön und gut. Wo ist Leonie?«, stellt Eddy erneut die Frage, die auch mich am meisten interessiert.

Sie müsse noch eine Nacht im ›barbarischen Käfig‹ ausharren.

Ben und Jonna berichten zugleich, dass sie uns zu verdanken hätten, dass alles ins Rollen gekommen sei.

»Ohne Euer beherztes Eingreifen und die konstant bleibende Mühe, in Leonies Leben einen Platz zu finden, wären alle verloren. Leonie im brutalen Milieu, Jonna mit gebrochenem Herzen und ich im Dreck. Kein Wort drückt aus, was ihr möglich macht. Chapeau«.

Ben zeigt auf die Tränen in seinen Augen.

»Freudentränen, ich kannte sie kaum noch«.

Wenn uns viel Lob auch sprachlos macht, bleibt die Frage, warum warten, wenn sie Leonie gleich hätten befreien können.

Eddy und ich sind zutiefst ergriffen, als wir von den Plänen für den folgenden Tag hören.

Einzig uns würde zustehen, Leonie zu holen. Sie hat ein Recht zu erfahren, wem sie alles, was auf sie wartet, zu verdanken hat.

Jonna wendet sich uns zu.

»Es hätte sich falsch angefühlt, sofort einzuschreiten. Ben und ich dürfen nicht diejenigen sein, die Leonie zuerst sieht. Um sechs Uhr holt Euch eine Streifenwagen-besatzung ab, damit Eure Mission in die heiße

Phase startet. Ben und ich bleiben hier. Dieser Moment gehört Euch«.

Sentimentalität trifft auf Sinnestaumel.

Meine Furcht vor Polizeibeamten werde ich nie verlieren, schiebe sie ins hintere Eck meiner Gehirnzellen, die Aufregung steuern.

Leonie holen, sie aufpäppeln, ihr in ihrer Trauer beistehen und mit ihr nach vorne blicken?

Leonie, wir sind auf dem Weg!

Endlich ist es so weit. Übrigens an der Uhr drehen funktioniert wirklich nicht.

Deshalb sitzen Eddy und ich seit zwei Stunden an der Haustür und horchen auf bei jedem Motorengeräusch oder Türklappen.

Bis es klingelt und zwei große ›Blaue‹ uns in Empfang nehmen, vertrauensvoll ausgehändigt von Arm zu Arm unserer Frauchen, mit der Aufforderung, gut auf uns aufzupassen.

»Blaues Männchen, hast Du gehört? Nicht zudrücken, das geht auf meine Blase und Du bist der Leidtragende«.

Der Polizist lacht über meine harmlose Drohung.

»Pinkel mich ruhig an. Ich kenne das von meinen Babys«.

Nicht auszudenken, wenn er sie auch so hart rannimmt.

Ich wundere mich, dass ausgerechnet er Sybille wegen Körperverletzung drankriegen will.

Von eigenem Defizit ablenken?

Im Polizeiwagen unterziehe ich schnell meinen Eindruck einer Korrektur, weil er es ist, der mich fürwahr die ganze Fahrt über mit Streicheleinheiten verwöhnt.

Streicheln.

Du hast richtig gehört, weit entfernt vom Hauen.

Ich genieße das Privileg, vorn auf seinem Schoß sitzen zu dürfen, weil hinten durch Koffer und irgendwelche Ausrüstungen lediglich Eddy Platz fand.

Angekommen.

Was, wenn Sybille austickt und ein Sondereinsatzkommando gerufen werden muss?

»›Onkel Harmlos‹, bleibe ich bitte auf deinem Arm?«.

Scheinbar meine Angst spürend hält er mich an seiner Brust und wir betreten das ›Horrorhaus‹.

Auf der Etage, auf der sich Sybilles Wohnung befindet, stoppt der Fahrstuhl.

Ich werde entgegen der Absprache runtergesetzt.

Erklärt wird Eddy und mir das geplante Vorgehen. Um uns aus der Schusslinie zu nehmen, bleiben wir draußen.

Es wird geschossen? Nervös laufe ich weg, bis mich Eddy einholt.

»Mo, reine Vorsichtsmaßnahme. Die beiden haben alles im Griff. Wenn sie Sybille mitgeteilt haben, was sie erwartet, werden sie Leonie aus der Wohnung schicken. Auf wen trifft sie dann zuerst?«

Die Freude auf sie gewinnt den Gefühlskampf, der in mir tobt, und ich warte abseits der Wohnungstür mit meinem Freund auf die Befreiungsaktion.

Klingeln, Türöffnen, keifende Worte einer scheinbar betrunkenen Frau und Zufallen der Tür.

Das sollen Szenen eines Neubeginns sein?

Die Tür wird aufgerissen und unsere Vorfreude im Keim erstickt.

Die beiden Beamten kommen mit Sybille heraus, die vom eigenständigen Laufen weit entfernt ist.

»Nehmt die zwei Kröten mit. Ihr habt die Falsche. Die Tölen haben Hausverbot und verstoßen permanent gegen die Auflage, indem sie hier aufkreuzen. Belästigung oder Stalking nennt man das«. Wild gestikulierend zeigt sie zu uns herunter, bis sie uns direkt vor die Pfötchen fällt.

»War der Whisky schlecht?«, verkneife ich mir in Gegenwart dieser Person überhaupt nichts mehr.

Dass die Grünen zu lachen beginnen, bringt die Gefallene in Rage.

»Ich schlag Euch tot«.

»So wie fast Leonie?«, schaut Eddy die vor Wut Halb-Platzende an.

»Erbärmlich. Bringt sie bloß weg«.

Sein Blick geht nach oben und die Polizisten ziehen Sybille hoch.

Mit der Warnung, dass es ungemütlich werde, wenn sie nicht kooperiere, wird sie mit dem Gesicht zur Wand in den Fahrstuhl gedrückt, sodass wir vorn genügend Schutz und Platz finden.

Seit über einer Stunde sitzt sie im Streifenwagen bei winterlichen Temperaturen und spürt, wie kalt das Leben sein kann, von neugierigen Passanten ins Visier genommen.

Im ›Haus des Schreckens‹ versammeln sich Schaulustige auf Balkonen, die dem Geschehen folgen.

Eins hat Sybille erreicht.

Gesprächsthema Nummer eins als unangefochtene Schlägerbraut. Sie muss alle Blicke aushalten, weil wir auf den Menschen warten, der uns mehr als jeder Triumph bedeutet.

Als wir ein Mädchen entdecken mit tief-gesenktem Kopf, einer Baumwolltasche über die Schultern und Kapuze ins Gesicht gezogen, spüren wir, um wen es sich handelt.

Ich stupse die Beamten an.

»Ist sie nicht atemberaubend? Das ist unsere Leonie«.

Gerade will sie ihre Nase putzen und dafür nach einem Taschentuch in ihrem Mantel greifen, bis ihr Blick auf den Polizeiwagen fällt.

Dann sieht sie uns.

Es gibt kein Halten mehr.

Taschentuch und Stoffbeutel fliegen durch die Luft und sie stürzt auf uns zu.

»Eddy? Mo? Seid Ihr es wirklich?«.

Diese Umarmung gelingt demjenigen, der liebt.

Schwer auszuhalten, dass sich ihre Verletzungen in Kürze verdoppelt haben.

Wir reden von den Sichtbaren.

Mit ihrem Lachen lenkt sie davon ab, sodass wir später darüber nachdenken, welche Art von Pflege wir anwenden.

Dankbar befürworten wir den Vorschlag der Beamten, uns Zeit zu lassen und die

Wiedersehensfreude zu genießen, während sie derweil die ›schreckliche Frau‹ aufs Revier schaffen, um Leonie und uns die Gegenwart auf der längeren Rückfahrt zu ersparen.

Gemeinsame Zeit ist das Wichtigste und Schönste, was wir gerade besitzen.

»Leonie? Wir holen Deine persönlichen Dinge«, schlägt Eddy vor.

Traurig verfinstert sich ihr Blick und sie erzählt uns, dass Sybille ihr Eigentum im Internet verscherbelt habe.

Das, was sie nicht zu Geld habe machen können, habe sie ungefragt entsorgt.

»Ihr erinnert Euch an die Beerdigung meiner Mama?«.

Was für eine Frage!

»Während ich den Menschen loslassen musste, mit dem mein Herz gefüllt war, den ich über alles liebte und ohne den ich mir ein Weiterleben nicht vorstellen konnte, radierte Sybille mich aus. Jonna brachte mich hierher, ohne zu wissen, was mich erwartet. Beim Anblick meines Zimmers brach ich in Tränen aus, was mit Häme und Schlägen beantwortet wurde«.

»Was war mit Deinem Zimmer?«, traue ich kaum zu fragen.

»Ach, Mo«.

Sie streichelt meinen Hals, sodass ich den Kopf mehr heben und ihr direkt in die feuchten Augen sehen muss, was beabsichtigt war.

»Mein Zimmer war der Abstellraum, mein Bett ein Haufen Altkleider, die aus einem Container zog, da sie meine Klamotten an Zweite-Hand-Läden gegeben hatte. Heizung fehlte ebenso wie Licht. Dazu ihre Lügen. Der Strom sei abgeschaltet worden aufgrund ausstehender Zahlungen. Komisch, dass sie im Wohnzimmer nach Belieben darüber verfügen konnte. Jeden Tag habe ich Geld ranschaffen müssen, mal mit Diebstählen, ein anderes Mal mit gesammelten Pfandflaschen, wie heute. Oft habe ich auf dem Haufen Kleidung liegend an Selbstmord gedacht. Ich habe nur bei Justin und Mama sein wollen«.

»Sag was, Eddy«.

»Ich kann nicht, Mo«.

Ich sehe, dass ihn ein Tränenmeer über-
schwemmt und er außerstande ist adäquat zu
reagieren.

Wir müssen nicht funktionieren, weil es
unserer Leonie gelingt, die passenden
Antworten zu finden. Wenn auch nicht mit
Worten.

Das gesammelte Geld, das sie nicht mehr
abgeben muss, investiert sie in Wasser ohne
Kohlensäure und Hundekekse.

Denkt sie jemals an sich?

Mit ihr sitzen wir im Gras und warten auf die
Rückkehr des Wagens, der uns in eine bessere
Welt bringen wird.

Die Wetteränderung ins Heiter-Freundliche
geht garantiert auf das Konto von Ann-
Kathrin, weil ihre Tochter zurück und in
Sicherheit ist. Das Aufatmen da oben hat die
dicken Wolken zum Platzen gebracht.

Wir freuen uns auf regen Austausch, als der
Polizeiwagen - für unser Empfinden viel zu
schnell - um die Ecke biegt.

Die können nicht wirklich zweimal diese
Strecke zurückgelegt haben.

Die Beamten berichten von dem Glück, dass eine andere Besatzung die ›Alkohol-Base‹ übernommen hat und sie schnell zu uns zurückfahren konnten.

Der, dem ich mit Vollpinkeln gedroht hatte, erinnert uns an die mahnenden Worte unserer Frauchen, uns unversehrt nach Hause zu bringen.

Er räumt den Ballast von der Rücksitzbank in den Kofferraum.

Woher weiß er, dass ich diesmal lieber hinten sitze?

Etliches müssen wir Leonie erzählen, von unserer und ihrer ›Trümmer-Clique‹, dem Aufwachen ihres Vaters mit seiner positiven Entwicklung und ihrem neuen Zuhause bei ihm und Jonna.

Leonie bittet, in unsere Mitte sitzen zu dürfen. Das Leichteste dieser Welt.

Sie wirkt glücklich und befreit, streckt ihre Arme aus und zieht uns nah heran.

»Euch hat der Himmel geschickt«.

»Nein, das Schicksal« hören sie und Eddy mich flüstern.

Versöhnung

Die Wiedersehensfreude ist unbeschreiblich und doch nicht frei von zweigeteilten Emotionen.

Auf der Fahrt konnten wir bei Leonie eine extreme Anspannung spüren.

Unbestritten, dass das Aufeinandertreffen zwischen Ben und seiner Tochter nicht problemlos verlaufen wird, mit einer gehörigen Portion an Redebedarf.

Gleichwohl wird nichts vernichtender sein als das zurückliegende Inferno.

Minutenlang liegen sich Jonna und Leonie in den Armen.

Wir merken, dass in dem Moment Schutzsuche auf Halt trifft.

Jonna ist eindeutig erschrocken über den miesen Gesundheitszustand ihres Schützlings.

Ben hält sich weit im Hintergrund, obwohl ihm wahrscheinlich nichts lieber wäre, als seine Tochter endlich wieder nah bei sich zu haben.

Eddy, unsere ›Mamas‹ und ich ziehen uns zurück.

Im Moment können wir nichts für das Trio tun.

Lange bleiben wir nicht für uns, obwohl wir uns gegenwärtig in Lobeshymnen suhlen, die wir nicht teilen.

Stolz seien unsere Frauchen bezüglich aller Anstrengungen, die wir auf uns genommen und Leonie zu keinem Zeitpunkt aufgegeben haben.

Im Türrahmen lehnt Jonna.

Heißt das...?

»Sie werden Zeit brauchen. Ben hatte gehofft, dass Ihr im Vorfeld Partei für ihn ergreift. Wolltet ihr nicht Leonie erklären, was alles geschehen ist?«.

Ich schaue sie strafend und alles andere als schuldbewusst an.

»Hör mal, ist es nicht seine Aufgabe zu allen Fehlern zu stehen und um Verzeihung zu bitten? Seine Beweggründe, der Familie den Rücken zu kehren, habe ich ungelogen bis heute nicht verstanden. Das tut man nicht. Leonie hat dichtgemacht, als wir ihren Vater ins Spiel gebracht haben. Verlangst Du, dass wir sie quälen nach allem, was sie durchlitten hat?«.

Jonna schüttelt den Kopf und signalisiert mir, dass alles gut sei.

Ab sofort müsse er aktiv werden und alles ihm zur Verfügung Stehende einsetzen, um seine Tochter zurückzugewinnen und dabei ehrlich zu bleiben.

Mittlerweile machen wir uns Sorgen, weil wir aus dem Wohnzimmer weder Stimmen hören noch klirrt Geschirr oder fallen Gegenstände zu Boden.

Beunruhigt schleichen Eddy und ich rüber, obwohl uns die Großen ermahnen, wir mögen uns nicht einzumischen.

Wenn wir Ben auch liebgewonnen haben, uns geht es um das Herz von Leonie, das bereits zu viele Narben trägt.

»Sie sind weg«.

Erschrocken schaue ich zu Eddy, der kurzerhand in den Garten rennt, wo er sie vermutet.

Enttäuscht kehrt er zurück.

»Ich weiß nicht, wo sie sind. Wir müssen eruieren, ob einer nach dem anderen das Haus im Streit verließ. Sind sie womöglich zusammen gegangen?«

Stichwort aufgegriffen.

Geistesblitz.

»Schicksal, Eddy! Wo finden wir Ben und Leonie?«.

Uns auf dem Friedhof anschleichen, darin haben wir Übung.

Eddy motiviert die Drei in der Küche sich warm anzuziehen und uns zu begleiten.

Ein sonniger Wintertag sorgt auf dem Weg dorthin für gute Laune.

Hoffentlich kommen wir nicht zu spät, ich möchte jedes Wort einfangen.

Wir erblicken Vater und Tochter vor dem Friedhof.

Ich habe einfach gespürt, dass dies die erste gemeinsame Tat nach Jahren Funkstille sein würden.

Wenn ich mich unter anderen Umständen über die rauchende Gesellschaft aufrege, in diesem Fall hat uns die Zigarette von Ben gerettet und uns Zeit verschafft.

Die zwei laufen still und mit großem Abstand, der vermutlich nicht den Corona-Hygienemaßnahmen zuzuschreiben ist, den langen Weg hoch, bis sie vor dem Grab von Ann-Kathrin stehen bleiben.

Jetzt erst sehe ich den Strauß roter Rosen, den Ben in seiner Armbeuge trägt. Das erklärt, warum wir zeitgleich hier eintrudelten.

Alle Mühe müssen wir aufwenden, unentdeckt zu bleiben, da Leonie sich ständig umdreht als wäre jemand hinter ihr her.

Vermutlich die Folge ihres Martyriums bei Sybille. Sie traut dem Frieden nicht, entkommen und in Sicherheit zu sein.

Hinter einer Hecke verstecken sich Jonna und unsere Frauchen, während Eddy und ich uns durch die Buchsbäume quälen, um nicht nur gut zu hören, – wir wünschen Gucklöcher.

Ben kniet vor dem Stein und heult hemmungslos.

»Meine liebe Ann. Wie gern hätte ich Dich unter anderen Umständen wiedergesehen. Du warst meine Lebensliebe und ich der größte Idiot. Ich könnte mich ohrfeigen, dass ich versäumt habe, Dich wenigstens auf Deinem letzten, wohl schwersten Weg zu begleiten. Es wird nie eine andere Frau für mich geben. Dass ich erneut Vater geworden bin, war feige gelogen.«

»Wie bitte?«, schreit Leonie ihn an, als wüsste sie nicht, dass dieser Ort einer der Stille ist.

Eddy schaut zu mir und flüstert, dass scheinbar bislang keine Aussprache statt-gefunden hat.

Hätten wir doch vorab von seiner Obdach-losigkeit sprechen sollen?

Wir hören Ben schluchzen.

»Ich habe Dich wahnsinnig geliebt und jeden einzelnen Moment geglaubt, es würde nichts geben, was uns entzweit. Bis uns Julian genommen wurde. Seinen Tod habe ich bis heute nicht verkraftet und die Serie meiner Fehler nahm Fahrt auf. Wir hatten Leonie, sie hätte Grund sein müssen, mich meiner Trauer zu stellen. Stattdessen habe ich sie verletzt und Dinge gesagt, bei denen mir das Herz stehen blieb. Sie hätte unseren ganzen Halt gebraucht, während ich mich - wie aus Stein fühlend - innerlich von Euch verabschiedet habe. Ich dachte, Ihr seid besser dran ohne den Versager, der Eure verletzten Gefühle mit Füßen tritt. Als es mir vorkam, dass einzig ich um Julian trauere und ihr weitermacht, als sei nichts geschehen, bin ich völlig zerbrochen und gegangen. Auf diese Weise habe ich die zwei Menschen verloren, die mir am meisten hätten bedeuten müssen. Mein sozialer und menschlicher Abstieg war vorprogrammiert, ohne Gefühle und haltlos stürzte ich mich mit Medikamenten ins Verderben. Schwerste Depressionen zwangen mich zur Einnahme, die ich ohne ärztlichen Rat in Eigenregie aufdosierte. Oft starrte ich stundenlang vom

Bett aus an die Decke. Dass ich Euch vermisste, wäre gelogen, ich trug keine Gefühle mehr in mir, weder negative noch gute. Dennoch flehte ich – in welche Richtung auch immer, – dass ich einschlafe und nie mehr aufwache.«

Ben erzählt unter Tränen von seinem persönlichen, tragischen Absturz.

Vom angesehenen und liebevollen Familienvater, der erfolgreich arbeitend in einer ortsansässigen Bankfiliale beliebt gewesen sei bei seinen Kollegen und Kunden. Große Freude empfand er bei der Ausübung seiner Freizeitaktivitäten und fand seinen Sinn im Leben an der Seite von ihr, Ann-Kathrin.

Es folgte eine tragische und unabwendbare Lebensveränderung, ein Leben in der Obdachlosigkeit.

»Ann? Irgendwann spürte ich mich wieder. An Antidepressiva kam ich aufgrund fehlender Krankenversicherung nicht mehr heran. Der einzige Segen. Meine Gefühle kehrten sukzessive zurück und ich vermisste Leonie und Dich mehr, als ich beschreiben kann, wusste aber auch, dass es kein Zurück gab in ein bürgerliches Leben. Ich war zu tief unten. Aus diesem Grund baute ich dieses fatale Lügengerüst. Eines Tages traf ich auf Deine beste Freundin und erfuhr von Deiner Krankheit. Verzweifelt suchte ich nach einem Hilfeplan, rutschte aber immer tiefer ab. Sogar Trost im Alkohol suchte ich zeitweise, um das Leben auf der Straße zu ertragen. Du kanntest meine Abneigung gegen das Teufelszeug. Ich schämte mich und instrumentalisierte bei einem erneuten Aufeinandertreffen Deine Freundin, Dir von meinem neuen Familienglück zu erzählen. Ich hasste mich und wollte Euch erleichtern, das auch zu tun. Mehrfach wurde ich - ungeschützt auf Parkbänken mein Nachtlager errichtend, - zusammengeschlagen und entschied mich für eine Obdachlosenunterkunft, in der ich vor mich hinvegetierte.

Im Kopf hatte ich unsere zahlreichen Erinnerungen.

In der Grundschule wusste ich bereits, Du würdest die Frau sein, die ich heirate, mit der ich eine Familie gründe und glücklich sein werde. Weißt Du noch, der kleine Zettel, den

Du mir zugesteckt hast? Es muss in der sechsten oder siebten Klasse gewesen sein. ›Bis zum Mond und zurück‹.«

Ben kramt in seiner Hosentasche, aus der er ein Stück zerknittertes Papier vorzieht.

»Ich habe ihn all die Jahre bei mir getragen. Du warst die Liebe meines Lebens. Bis zu meinem letzten Atemzug wird sich das nicht ändern. Hoffentlich trage nicht ich die Schuld an dem Ausbruch Deiner schweren Krankheit. Was musstest Du alles ertragen? Verzeih mir, mon amour. Bitte verzeih«.

Eddy und mir gefriert das Blut in den Adern.

Eine Versöhnung ohne Wiederkehr und eine atemberaubende Liebeserklärung posthum.

Beide drehen wir uns um und erkennen, dass kein Auge trocken geblieben ist bei den übrigen Zuhörern.

Wir beschließen, dass wir uns zu erkennen geben, weil Ben uns jetzt dringend braucht.

Als wir um die Hecke gehen, hockt Leonie dicht bei ihrem Vater und hält ihn im Arm.

Immer wieder küsst sie ihn und versucht ihn zu trösten und ihm Ballast von der Seele zu nehmen.

»Sie hätte Dir verziehen, Papa, und tut es jetzt. Bis zum Schluss wählte sie liebevolle Worte, wenn sie von Dir erzählte. Du bist nicht verantwortlich für ihren Tod, rede Dir das bitte nicht ein. Auch sie zerbrach am Tod von Julian. Ich gebe zu, wir hätten Dich manches Mal dringend gebraucht, wie ich sehe, Du uns noch viel mehr. Ich liebe Dich, Dad und bin glücklich,

Dich zurückzuhaben. Wie hat Jonna Dich gefunden?«

Er hält sie fest an den Händen.

»Du wirst es nicht glauben. Zwei außergewöhnliche Hunde haben mich ins Leben zurückgeholt, was ich den beiden süßesten Fellnasen dieser Welt niemals vergessen werde.«

Ben dreht sich irritiert um, als Leonie nach uns ruft.

»Eddy? Mo? Ihr könnt rauskommen«.

Woher sie weiß, dass wir hier sind, klärt sie unmittelbar auf.

»Nicht nur Ihr kennt mich gut. Dass Euch die Neugier hierhertreibt, wenn nicht unentdeckt bleibt, dass Papa mit mir Euer Haus verlassen hat, war sicher wie das Amen in der Kirche«.

»Bei Buddha existiert das nicht«, unterbreche ich sie.

»Wie, Buddha?«, grinst Leonie.

»Ich bin kein Christ. Als ich Dich zum ersten Mal traf, sah ich in Dir eine Oberzicke, die von sich dermaßen überzeugt ist und davon, alles zu wissen. Wieso kommst Du nicht von allein darauf, dass ich Buddhist bin?«.

Eddy boxt mir in die Seite, während unsere ›Mamas‹ mit Jonna in Erscheinung treten.

Ben ist gerührt und bückt sich zu uns herunter.

»Lieber Buddhist, woher nimmst Du die Kraft in Deinen Pfötchen? Die gleiche Frage richte ich an Dich, Buddha Eddy«.

Mein Kumpel mault.

»Ich bin kein Buddhist«.

Alle müssen lachen an dem Ort, an dem erkennbar die Liebe wohnt.

»Ich auch nicht. Ich glaube nur an Euch und konvertiere zum ›EDMOtismus‹«, bringt Leonie ihre Hochachtung für unsere Missionen zum Ausdruck.

Eddy auf dem Arm von Ben, ich auf dem von ihr wechseln wir hinüber zu den Kindergräbern.

Die beiden haben Julian viel zu berichten.

Bei null

Langsam kehrt Ruhe ein und Leonie stabilisiert sich an der Seite eines liebenden Vaters, der es beherrscht, vieles gutzumachen, und einer fürsorglichen Frau, die nicht nur ihrer Mama nahestand.

Für Jonna freuen wir uns, dass sie ihr Versprechen, das sie Ann gab, halten kann, während wir bei Ben weiter Fortschritte wahrnehmen.

Die drei bilden ein perfektes Team im Kampf gegen die Trauer, die alle nach wie vor im Griff hält.

Sie schmieden Pläne, stützen sich gegenseitig und haben sich eins geschworen:

zueinander ehrlich zu sein.

Wir spielen weiter eine bedeutende Rolle und genießen den Status der Seelsorger mit und fürs Herz.

Dass Leonie uns vorschlägt, mit ihr zur Schule zu fahren, empfinde ich als unerhört. Szenen von der ersten Fahrt vor Augen verweigere ich ihr eine erneute Busfahrt.

Ein Eigentor würde sie schießen, wenn ich nicht einzig den holperigen Transport erinnere, sondern ihre ätzende Art uns gegenüber ins Spiel bringe.

Vergessen, einen neuen Raum betreten, ein Schloss vor den alten hängen und nicht zurückschauen.

Funktioniert das?

Eddy würde gern die Busfahrerin wiedersehen.

Genau.

Versuchen kann er es mal, erweichen lasse ich mich auch von ihm nicht.

Die beiden können zu zweit zur Schule, ich bin groß und brauche keinen Hundesitter.

Es kommt dann anders.

Nein, eingeknickt bin ich nicht, es ist einer Planänderung geschuldet.

Jonna bereitet mit Ben Wohnungs-besichtigungen vor für den Start einer Lebensgemeinschaft, in der jeder ausreichend Platz findet und macht den Vorschlag, alle anstehenden Wege zu kombinieren.

Leonie ist begeistert und bittet uns, sie zu begleiten.

Das Vorsprechen beim Rektor mit der Bitte um Fortsetzung ihrer schulischen Laufbahn sei aufregend und angstbesetzt zugleich.

Mit Angst kenne ich mich aus.

Der Schuldirektor, ein äußerst netter Mann, reagiert bestürzt, als er vom Tod ihrer Mutter hört.

Oft habe er sich gefragt, wie es Leonie mit allem gehe und sich gewünscht, dass sie als einst Klassenbeste den Weg zur Schule zurückfindet.

Eine Rückkehr in die ursprüngliche Klasse sehe er kritisch aufgrund der Fülle des versäumten Lehrstoffes.

»Wir müssen Dich einen Jahrgang zurückstufen, damit Dir die Integration leichter fällt. Stets imponierte mir, wie viel Du gelernt hast. Käme für Dich ein Wechsel vom Gymnasium auf die Realschule infrage?«

»Das ist keine Option«, schüttelt sie energisch den Kopf.

»Ich will studieren. Als Stabilisator sehe ich meine Klasse. Das erste Halbjahr ist gelaufen, keine Frage. Kann ich nicht versuchen, ab dem Zweiten nach den Winterferien durchzustarten? Ich stürze mich in Nachhilfeunterricht und werde büffeln bis zum Umkippen. Sollte ich scheitern, stimme ich einer Rückstufung zu. Bitte«.

Sie und der Rektor besprechen alle Formalitäten und Eventualitäten und einigen sich auf das Arrangement mit einem halbjährigen Probelauf.

Dankbar fällt sie ihm um den Hals, verabschiedet sich zuversichtlich wirkend und lässt seine Frage nach ihrer Studienwahl unbeantwortet.

»Außergewöhnliche Freunde hast Du Dir gesucht, pass gut auf sie auf. In einer Welt, in der nichts selbstverständlich ist, braucht man es, bedingungslos geliebt zu werden«.

Seine herzliche Verabschiedung veranlasst Leonie, uns fest zu drücken, nachdem die Tür hinter uns geschlossen wurde.

»Ihr seid mein größter Halt. Mit und durch Euch habe ich dieses wichtige Gespräch führen können. Merci, Ihr ›Knutschkugeln‹«.

Auf dem Parkplatz warten Jonna und Ben am Auto, durchgefroren und zu uns fragend rüber blickend.

»Euer Zähneklappern hat sich gelohnt«, springe ich um sie herum, während Eddy ergänzt, dass der Zukunft einer Studentin in spe nichts mehr im Wege steht.

»Du willst studieren?".

Der Stolz ihres Vaters ist unüberhörbar.

Allerdings scheitert auch er an weiteren Ausführungen.

Zugegeben, auch ich leide unter meiner Neugier und wüsste zu gern, was unserer Lieben vorschwebt.

Ich sehe sie als Pilotin durch die Lüfte fliegen, Verbindung haltend zu Julian und Ann.

Vielleicht eher Staatsanwältin oder Richterin angesichts der Straftaten, mit denen Sybille sie konfrontierte?

»Eddy? Was will sie werden?«

Mein Freund hat geahnt, dass mich das Schweigen von Leonie quält.

»Sie wird es sagen, wenn sie so weit ist, Mo.«

»Warum tut Ihr, als sei ich nicht anwesend? Die Dummheit sprechender Hunde stirbt nicht aus. Besondere Gabe des Mitteilens mit null Intellekt, engstirnige kleine ›Kampfbeißer‹, äh ›Kampfgeister‹.«

Da ist sie wieder, DIE Leonie, die ich von Beginn an nicht leiden konnte.

Kaum plant sie den erneuten Schulbesuch, zeigt sie wieder ihr wahres Gesicht.

»Schnepfe. Hat es Dich viel Kraft gekostet, Dich bis heute zu verstellen? Du wirst an Deiner Überheblichkeit ersticken. Eddy und ich werden nicht zu Deinen Trauergästen zählen. Häng Dich auf und leb in Abgeschiedenheit«.

Im Rückenzuwenden und Abhauen bin ich Profi, seit ich diese unmögliche Heran-wachsende begleite.

Warum ist mein Herz dennoch schwer?

Ich kann mich schließlich ›entfreunden‹, weil sie es nie ehrlich mit mir meinte.

Ein letztes Mal drehe ich mich um.

»Mag sein, dass Fehler zu begehen und um Verzeihung bitten zu müssen in Eurer Familie liegt. Unser Miteinander zu Hause ist echter«.

Bäm, das hat gesessen.

Statt zu weinen, lacht sie los, bis Eddy einstimmt.

Was ist kaputt bei Euch?

Eddy läuft mir hinterher, als ich tief verletzt wegrenne.

»Mo? Schnell habe ich gemerkt, dass Leonie uns hochnehmen will. Schiebe es auf den Übermut, sie lebt endlich befreiter. Gönne ihr angesichts der traurigen Schicksale das Fünkchen Spaß. Wenn er auch auf unsere Kosten geht, gestehe ihr das bitte zu«.

Wütend bin ich keineswegs auf den ›vor-gespielten Kotzbrocken‹, eher erleichtert, dass wir uns nicht in ihr getäuscht haben, mit Ausnahme meines ersten Eindruckes.

Eddy erstaunt es, wie gut ich mit Toleranz jongliere.

»Bravo Mo, Du wirst erwachsen«, klatscht mein Kumpel seine Pfoten auf meine.

"Nee, ich filtere. Was ist eine schauspielende Leonie gegen einen ›Westie-Trampel‹? Deine Weisheiten sind unerwachsen«.

Jetzt hat er es gekriegt, das Raubein.

»Können wir uns darauf einigen, dass wir heute alle übermütig sind, Kindskopf?«, setzt er einen drauf.

Man muss erkennen, wann es an der Zeit ist, unsinnige Unterhaltungen zu beenden.

»Komm, ›Blödrüde‹, nimm den Kopf vom Sockel, dann kriegst Du besser Luft. Wir gucken Wohnungen«.

Die erste sagt Jonna zu, die nächste Ben, die dritte fällt bei beiden durch, obwohl sich Leonie in Gedanken bereits ein Zimmer eingerichtet hat.

Nicht jede Wohngemeinschaft lässt sich problemlos gestalten und leicht realisieren wie die unserer ›Mamas‹.

Entmutigt beabsichtigen alle, sich die letzte Wohnung auf ihrem Zettel nicht mehr anzutun.

»Ich habe ein gutes Gefühl. Leonie? Es ist Schicksal, dass es Euer neues Traumdomizil wird«.

Warum schauen mich alle an?

Bei »ich fühle das«, gibt Jonna die Adresse im Navi ein.

Einen ›Plan B‹ besitze ich nicht, sollte ich später alle aufbauen müssen, weil diese Wohnung ebenso ein Reinfall werden könnte.

Dass ich ihn nicht benötige, wird mir beim Parken vor dem Haus bewusst.

Ein traumhaft schönes Anwesen in verkehrsberuhigter Lage.

Ich zeige auf die Bushaltestelle, was für Leonie nicht unwichtig sein dürfte, um die Schule zu erreichen.

Auf dem Klingelschild steht lediglich ein Name und es existieren eine Bimmel und ein Solobriefkasten.

Definitiv sind wir falsch.

Leonie läutet trotz allem und ein älterer Mann öffnet die Haustür.

Geirrt hätten wir uns nicht, stellt er richtig. Nur befinde sich das zu vermietende Objekt hinter diesem Haus.

Wir durchqueren einen großen Garten, der aufgeteilt wurde zu einem großen und kleineren Stück Paradies.

Das kleinere gehört zu dem Mietobjekt, vor dem wir stehen bleiben.

Nicht nur von außen ein Sechser im Lotto. Ein kleines Holzhaus mit fünf Zimmern, Kamin, Einbauküche, Bad und Gäste-WC.

Leonie schwärmt bei jedem noch so kleinen Detail und knuddelt Eddy und mich.

»Ihr könnt mich immer besuchen. Sagt, würdet Ihr Euch hier wohlfühlen?«.

»Sind die süß«.

Die fremde Stimme aus dem Garten gehört zur Ehefrau des Vermieters.

»Dieser Garten ist wie für Euch gemacht. Es könnte Euer neues Zuhause werden«.

»Wir haben schon eins«, mache ich deutlich und denke, dass wir weder süß noch knuddelig sind, wir sind cool.

Jonna erklärt der Frau, dass wir die Freunde von Leonie seien, nicht aber zu ihnen gehörten.

»Auch als Freunde seid Ihr herzlich willkommen«, mischt sich der nette Herr ein.

»Unser Leben ohne Hunde ist leerer als die Zeiten, die wir mit ihnen verbringen durften. Inzwischen spielt unser Alter eine tragende Rolle, dass wir uns nicht noch einmal einen Hund zulegen. Wir würden uns freuen über Hundegebell und beherrschen Hundesitten«.

Berechnung, dass er die ganze Zeit Leonie anschaut?

Ben ergreift das Wort.

»Auch in unserer Familie gab es einen treuen Freund. Lange ist es her und viel ist passiert. Ich hätte nichts gegen einen ›Seelenkumpel‹ für meine Tochter«.

Ob Tränen sich ohne Zutun klonen lassen?

Erst in den Augen von Ben befinden sie sich just auf den Wangen von Jonna und Leonie.

Die Chemie zwischen den Erwachsenen stimmt auf Anhieb und sie vereinbaren ein gemeinsames Kaffeetrinken zur Unterzeichnung des Mietvertrages.

Die Beweggründe auf der Gegenseite gehen darüber hinaus.

Ben und Jonna wollen von Beginn an mit offenen Karten spielen, um nicht für ein Paar gehalten zu werden.

Alles spricht dafür, dass wir die drei - mit Wachhund - künftig hier finden.

Mir geht mein Herz über bei dem Gedanken, dass sie letztendlich angekommen sind.

Im Alleingang

*L*eicht fällt es Leonie nicht, als sie uns erklärt, nicht viel von einer ›Trümmer-Clique‹ zu halten.

Vorab den Austausch mit Jonna suchend habe diese ihr geraten, offen ihre Bedenken auf den Tisch zu legen.

Wir haben nach einer Möglichkeit gesucht, Leonie bei der notwendigen Trauerarbeit zu unterstützen.

Was lag näher, als sich regelmäßig mit Gleichgesinnten auszutauschen und davon zu profitieren?

Heute bastelt sie an einem Mitbringsel für ihre Mama.

Ihrer Bitte, wir mögen ihr helfen, kommen wir gerne nach und hoffen, dass sie unsere Idee nicht vorschnell begräbt.

Vor uns entsteht ein Chaos aus Materialien und wir schneiden, kleben und falten unermüdlich.

Mich richtig darauf zu konzentrieren fällt schwer, weil wir still vor uns hin gestalten, ohne zu reden, Tipps ausgenommen, die uns Leonie gibt.

Jonna sagte was von Ergotherapie und nichts anderes ist das hier.

Zu dritt bilden wir eine Truppe.

»Was spricht gegen ›Trauer-Cliquen‹?«, gebe ich meine Zurückhaltung auf.

Leonie legt die Schere zur Seite und guckt mich an.

Fast entschuldigend bietet sie eine Erklärung, die mir nach längerem Überlegen plausibel vorkommt.

»Ich weiß, was Ihr alles für mich getan habt. Jeder Austausch mit Euch half mir auf dem schweren Weg, meine Mama gehenzulassen«.

Sie berichtet, dass jeder unterschiedlich trauere und dass das zur Entfremdung und letztendlich Trennung ihrer Eltern geführt habe. Heute wisse sie, dass jeder Mensch für sich herausfinden müsse, was ihm für sein weiteres Leben helfe.

»Weil Dein Vater mit Deiner Mutter versäumt hat zu reden«, bringe ich das Problem auf den Punkt.

»Genau das. Wenn zwei Menschen daran scheitern, die sich lieben, soll man gegenüber wildfremden Menschen sein Herz ausschütten können? Sorry, ich bin anders, Mo. Die Momente am Grab von Julian und dem meiner Mutter gehören mir. Wenn ich mich zu ihnen setze und beginne, mit ihnen zu sprechen, ist es, als seien sie bei mir. Das lasse ich mir nicht zerstören. Ich brauche keine Ratschläge, sehe mich aber auch außerstande, andere aufzubauen. Viel Kraft ist mir abhandengekommen, die ich einzig für mich benötige, um nicht unterzugehen«.

»Bei mir war es genauso«, denkt Eddy laut über seine eigenen Schicksalsschläge nach.

»Rückzug half und es tat weh, dass das Leben weiterlief, als sei nichts geschehen, obwohl ich innerhalb kürzester Zeit die zwei Hündinnen verlor, die mein Leben ausmachten. Als ich Mo fand, zog neuer Lebensmut mit ihm ein. Wirklich geholfen hat mir der Neuanfang mit ihm, nicht die permanente Auseinandersetzung mit dem Erlebten. Die ›Trümmer-Clique‹ war keine gute Idee. Wenn ich mir vorstelle, ich hätte die Gräber meiner Lieben teilen müssen, wird mir übel. MEIN Platz, MEINE Trauer, MEINE Bewältigung«.

Leonie ist erleichtert, von Eddy ein Statement erhalten zu haben, wie sie es nicht hätte treffender ausdrücken können.

»Aber...«, setze ich meine Überredungskünste fort.

»Kein Aber« versucht Eddy das zu beenden, was ich ›pfötchenringend‹ versuche.

Dabei habe ich nur sagen wollen, dass Leonie nicht über einen Freund wie mich verfügt, der die Aufgaben einer ›Trümmer-Clique‹ ersetzt.

Allerdings sind ihr Papa und Jonna an ihrer Seite, die wertvolle Beiträge leisten Leonie zu unterstützen, ihren neuen Platz im Leben zu finden.

Führe ich mir vor Augen, wie schwer ich mich mit sozialen Kontakten tue, muss ich negieren, dass ich mich einer Gruppe fremder Hunde anschließen würde, falls ich einmal mit Verlust konfrontiert werde.

Allein bei dem Gedanken, Eddy zu verlieren, zieht sich mein Magen zusammen.

Abwegig, mich anzuvertrauen. Wenn, dann einzig meinen ›Mamas‹. Nichts anderes macht Leonie, indem sie sich mit ihren Wohngemeinschaftsmitgliedern austauscht.

»Du weinst?«. Leonie wirkt aufgewühlt. »Mo, das habe ich nicht gewollt. Es geht mir wirklich schlecht damit, weil ich weiß, was Ihr alles versucht«.

Dass meine Tränen einen anderen Grund haben, scheint sie zu beruhigen.

Als ich bei ihrem Nachhaken nach dem Grund bemerke, wie wenig ich bereit bin zu reden, wird mir deutlich, dass auch ich kein Kandidat für eine Trauergruppe wäre.

Eddy lasse ich seine kleinen Momente an der letzten Ruhestätte seiner beiden verstorbenen ›Ladys‹ und leiste womöglich den größten Beitrag zu seinem psychischen Wohlbefinden.

Das Bedürfnis, diese zu nutzen, ließ mehr und mehr nach, was mir zeigt, dass er sich stabilisiert hat. Vergessen darf ich nicht, dass inzwischen viele Jahre vergangen sind, während sich Leonie in einer Akutphase der Trauer befindet.

»Du benötigst Zeit«, lege ich ihr mein Pfötchen in die Hand.

»Ich weiß, Mo, und Ihr alle um mich herum gesteht mir diese zu. Ein Leben ohne meine geliebte Mama ist für mich noch unvorstellbar, doch weiß ich, dass ich weitermachen muss. Für sie«.

Leonie versucht sich zu fangen und erzählt uns, dass sie nicht nur gerade mit Material bastele, sondern an einer Möglichkeit, ihre Trauer zu teilen.

Nicht in Form eines wöchentlichen Treffens, bei dem Kerzen angezündet werden.

Sie sehe viel mehr Sinn darin, einem Hund wie Eddy zu helfen.

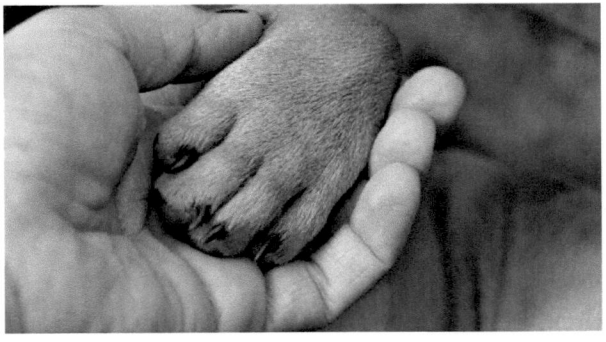

»Eddy gehört zu mir«.

Verzweifelt und panisch stelle ich mich vor ihn und versperre Leonie den Weg.

»Du bekommst ihn nur über meine Leiche«.

Dass dieser Begriff angesichts unserer Gesprächsinhalte unpassend ist, kann ich nicht berücksichtigen. Ich lasse mir nicht wegnehmen, wofür ich lebe.

»Weißt Du, Mo, was meine Mama sagte, nachdem sie Euch kennenlernen durfte? Die beiden sind unzertrennlich und dass Euch eine besondere Liebe zueinander auszeichnet. Was das Schicksal zusammenführt, darf niemand trennen.

Wie kannst Du glauben, dass ich Dir das Herz brechen könnte oder Euren Frauchen, deren ganzer Lebensinhalt ihr seid?

Ein Teil von Euch besitze ich in Form Eurer Freundschaft.

Ein größeres Geschenk konnte mir dieses verkrachte Leben nicht machen.

Ich dachte an einen eigenen Hund.

Einen, der ähnliches durchmachen musste wie Eddy und der bei mir ein Zuhause findet.

In seiner Begleitung mit Mama und Julian zu sprechen, das ist es, was mir künftig helfen könnte. Ein Freund, der einzig zu mir gehört«.

Manchmal sollte ich lieber innehalten, statt darauf los zu plappern.

Wie gut, dass unsere Freundschaft weder aufrechnet noch belastet wird durch Missverständnisse.

In Leonies Hand sehe ich, woran sie die ganze Zeit über weitergebastelt hat.

Ein Tannenbaum, den sie am ersten Advent zu ihrer Mama bringen möchte, mit einem langen, persönlichen Brief, den sie darunterlegen wird.

»Mama ist die meiste Zeit völlig allein, abgesehen von meinen Besuchen. Auf diese Weise hat sie Bedeutendes zu lesen, wenn ich mal nicht bei ihr sein kann. Und ich wünsche mir, ihr spätestens am vierten Advent vier treue Pfoten vorstellen zu können. Er wird meine Zukunft und ich sein neues Zuhause, sozusagen ein ›Trümmer-Team‹«.

Herzbewohner

Wehmut schwingt mit in den Worten von Leonie, sie wolle wieder auf eigenen Beinen stehen.

Bedeutendes habe sich in ihrem Leben verändert.

»Ohne Euch wäre ich auf einen Komplett-absturz zugesteuert. Rückblickend schäme ich mich für mein Verhalten im Bus, als es mich nervte, Euch zu sehen. Gedacht habe ich, warum mir immer so was passieren müsse, dass ich noch herrenlose Hunde aufbauen müsse. Dabei habt Ihr ein liebevolles Zuhause und besitzt Charaktere, auf die man selten trifft. Ich liebe Euch. Für alles, was ihr bewegt und dass Ihr mich zu keinem Zeitpunkt aufgegeben habt«.

Meine Freude über den Erfolg, sie umgekrempelt zu haben, lässt sich schwer verbergen.

»Im Bus warst Du - unaushaltbar - ätzend. Du hast Eddy zu verdanken, dass ich nicht hingeschmissen habe«.

»Ganz ohne bist auch Du nicht Schätzchen Mo«.

Leonies Ausdruck des Belustigt-Seins wird von mir ignoriert.

»Ohne Eddy? Nein, nie«.

Gewonnen, sie ist mundtot, denke ich, bis sie sich aufbäumt, diesmal nicht zum Gegenschlag.

»Im Ernst, Ihr seid zum richtigen Zeitpunkt gekommen. Lange habe ich mich damit auseinandersetzen müssen, meine Mama loszulassen. An manchen Tagen fehlte mir aus diesem Grund die Luft zum Atmen.

Nie habe ich daran geglaubt, dass mein Vater in mein Leben zurückfindet.

Da kommt Ihr und dreht alles auf links. Es hat mein Leben verändert.

Einsam fühle ich mich nicht, obwohl ich davor am meisten Angst hatte, als ich spürte, dass meine Mama die Kräfte zum Kampf gegen diese heimtückische Krankheit verlassen.

Sybille gab mir den Rest und ich werde niemals diesen Tag vergessen, als ich den Polizeiwagen und bei näherem Hinsehen Euch erblickte.

Ich bleibe bei meiner Erkenntnis, dass unsere Begegnung Schicksal war.

Eines, das mir ein neues Leben geschenkt hat«.

Mittlerweile wohnen Jonna, Ben und sie in ihrem neuen Haus.

Mit viel Liebe haben die drei es eingerichtet und dekoriert.

Man wird das Gefühl nicht los, dass auch Ann-Kathrin und Julian in der Wohngemeinschaft ihre eigenen Plätze gefunden haben.

Im Wohnzimmer stehen auf dem Kaminsims viele Fotos aus glücklicheren Tagen.

Das ganze Haus ist weihnachtlich geschmückt und Leonie kann zu jedem Accessoire eine Geschichte erzählen, die von gemeinsamen Erinnerungen leben.

Den Garten hat Ben eingezäunt, woraufhin mich Eddy anstupst und meint, dass bald ein neuer ›Pfotenkumpel‹ hier wohnen werde.

Überhaupt entwickelt sich Ben ausgesprochen vielversprechend. Nicht nur, dass er die Rolle des liebenden Vaters wieder übernommen hat, auch beruflich versucht er mit kleinen Schritten Fuß zu fassen.

Im Hospiz gelang es ihm durch Jonnas Hilfe einen Minijob als Hausmeister zu ergattern. Als bei den Bewohnern beliebter Mitarbeiter vertreibt er den traurigen Menschen die Zeit. Gemeinsames Singen gehört zu seinen liebsten Beschäftigungen, sodass er abends Liedtexte zusammenstellt, um sie am folgenden Tag nach seinem Dienstschluss mit denen zu teilen, die dazu in der Lage sind.

Mit Leonie wird viel gelernt, damit sie nach den Winterferien vorbereitet in der Schule an ihre vormals guten Leistungen anknüpfen kann.

Eddy und ich merken, dass das Ende unserer ›Mission‹ naht.

Eins noch wollen wir unbedingt tun.

Leonie sprach davon, am vierten Advent einen Hund mit zu ihrer Mama nehmen zu wollen, doch haben wir von den Schwierigkeiten bei der Suche erfahren, die uns Jonna in allen Einzelheiten berichtet.

»Sie wünscht sich einen Hund, der ist wie einer von Euch. Das funktioniert einfach nicht. Im Internet stießen wir bei der Tiernothilfe zwar auf West Highland White Terrier und Shih Tzu, doch an keinem von ihnen zeigte Leonie wirkliches Interesse. Sie hat viel zu tun mit der Trauer um Ann und bricht beinahe zusammen, wenn sie von Verhaltensauffälligkeiten liest, die der eine oder andere Hund aufweist. Ben befürwortet meinen Vorschlag, dass sie sich auf die Schule konzentriert und später über die Anschaffung eines neuen Hundes nachdenkt«.

Ich verstehe nichts mehr.

»Ihr habt abgezäunt«.

Jonna nickt.

»Wir schenken Leonie zu Weihnachten zwei Kaninchen«.

Eddy und ich schauen uns entsetzt an.

Wir haben nichts gegen diese kleinen pelzigen und flauschigen süßen Dinger, die wir gern mal in freier Natur verjagen.

Was hingegen wird aus dem Traum unserer Leonie zum vierten Advent?

Wir wissen, dass wir schnell sein müssen, um unsere ›Mission‹ zum perfekten Abschluss zu bringen.

Zu Hause nerven wir lange, bis unsere ›Mamas‹ sich breitschlagen lassen, nach einem Freund für Leonie zu suchen.

Größter Quatsch, dass jeder Hund Auffälligkeiten aufweist.

Haben sich Jonna und Ben zu wenig damit auseinandergesetzt?

Dem ungeachtet begeben wir uns auf die Suche nach einem Welpen.

»Sie hat keine Zeit, einen Kleinen zu erziehen, wenn sie zur Schule geht«, kritisieren unsere Frauchen unsere Ambition.

»Jonna und Ben sind berufstätig. Wie denkt Ihr Euch das?«.

Eddy? Bitte demontier dieses Veto und sag was.

Und wie er was sagt.

Wenn das nicht überzeugt.

»Hört mal. Die drei haben das perfekte Domizil und zwei Vermieter, deren Freude übergroß wäre, tagsüber auf den Neuzuwachs aufzupassen. Wirklich nur ein Welpe kommt infrage. Leonie musste ständig loslassen. Ein neuer Verlust würde sie mehr und mehr traumatisierten. Ein ›gebrauchter‹ Hund hat nicht diese lange Lebenserwartung wie ein ›frischer‹«.

Unsere ›Mamas‹ lachen über die gewählten Beschreibungen, pflichten Eddy allerdings bei.

Kurz vorm Verzweifeln stehen wir auf der Suche nach einem ›Weshi‹ beziehungsweise

›Westie Tzu‹, bis wir tatsächlich einen entdecken.

Eigentlich möchte ich so ein Knäuel nicht im Haus haben, doch es wird mir nicht erspart bleiben, wie ich einem Telefonat entnehme.

Den Welpen - im abgabefähigen Alter - holen wir in zwei Tagen hierher.

Wer kam auf diese bescheuerte Idee?

Der vierte Advent ist erst in sieben Tagen. Mir wird schlecht bei dem Gedanken, wer oder was auf mich wartet.

Letztendlich schlage ich mich besser als befürchtet.

Das kleine Ding hält unsere Frauchen auf Trab und wir sehen ihnen förmlich an, dass sie noch mehr die Tage zählen als wir.

Eddy und ich ziehen uns gemeinsam zurück. Es gibt Dinge, die Menschen definitiv besser beherrschen.

Der große Tag ist gekommen.

Jonna ist eingeweiht und freut sich auf das ›Tobe-Ding‹, dass das Leben der drei durcheinanderwirbeln wird. Sie arrangiert ein

Aufeinandertreffen bei Ann, dass sie und Ben sich nicht nehmen lassen.

Leonie sitzt ahnungslos am Grab ihrer Mama, als wir sechs uns mit ihrem ›lebendigen Neubeginn‹ auf dem Weg machen.

Wir hoffen, dass das ›fellige Baby‹ unter dem Mantel unserer ›Mama‹ ruhig bleibt und uns nicht vorzeitig verrät.

Leonie weint und liest - laut - den Brief an ihre Mutter vor, den sie vor drei Wochen - wie geplant und gewünscht - hier mit dem Tannenbaum abgelegt hatte.

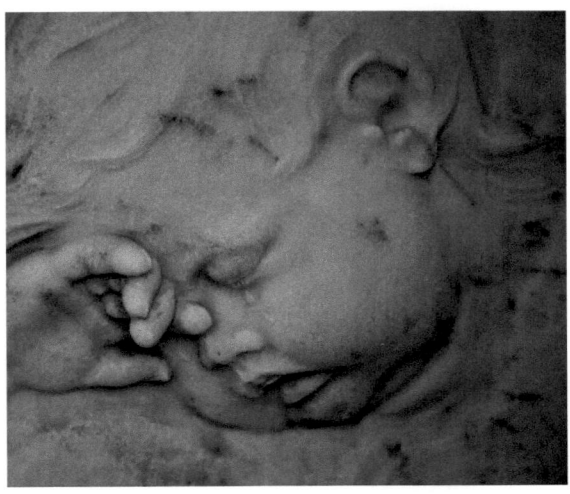

Geliebte Mama!

Mein erstes Weihnachten ohne Dich.

Hätte mir das früher jemand prophezeit, ich hätte ihn ausgelacht.

Mamas sterben erst im ›Oma-Alter‹, daran habe ich immer geglaubt.

Als ich Dir versprach, auf mich aufzupassen, kreuzte ich die Finger hinter meinem Rücken.

Ein Leben ohne Dich?

Unvorstellbar.

Ich erinnere mein Gefühl, als ich diesen schrecklichen Anruf erhielt.

Es zu beschreiben fällt schwer.

Vielleicht trifft es am ehesten von einer schweren Eisenkette zu sprechen, die sich um mein Herz legte.

Fußfesseln, die mich am Weitergehen hinderten und ein Schloss an meiner Seele.

Der Schlüssel wurde in der Erde begraben, die Dich bedeckt.

Mama?

Ich verstehe, warum Du nur sporadischen Kontakt zu Deiner Schwester zugelassen hast.

Du hast ihr nie schlecht hinterhergeredet, dennoch wäre es für mich besser gewesen, ich hätte von den Gründen oder zumindest einigen Dingen gewusst.

Sie hat nichts von Dir.

Papa ist zurück, davon weißt Du ja.

Sein Besuch bei Dir hier öffnete mir die Augen dafür, wie sehr er Dich geliebt hat.

Mir gibt er auch diese warmen Gefühle, die mir guttun.

Jonna hat ihr Versprechen Dir gegenüber gehalten und passt gut auf Papa und mich auf.

Ich vermisse Dich schrecklich.

Mir vorzustellen, Dich nie wiederzusehen, solange ich lebe, ist bislang das Schlimmste, dass das Leben für mich bereithielt.

In wenigen Wochen beginnt meine schulische Aufholjagd. Ich werde es packen, um mir einen großen Wunsch zu erfüllen.

Ich möchte Ärztin werden, Mama und in einem Hospiz Menschen helfen, die leiden müssen wie Du.

Ich fühle mich dazu berufen.

In drei Wochen komme ich nicht unbegleitet zu Dir.

Ich weiß, dass ich zu Dir sagte, nie wieder einen Hund an meiner Seite haben zu wollen, nachdem ich Minko verlor.

Damals sagte ich die Wahrheit und glaubte fest daran.

Bis ich Dich verloren habe.

Ich brauche jemanden ganz für mich, um mir dieses sichere Gefühl zu bewahren, dass ich hatte, als Du und ich - ohne Julian und Dad - durchs Leben gehen mussten.

Wir waren ein tolles Team.

Du musstest meine Hand loslassen, - entschied das Schicksal.

Ich brauche eine Pfote, die ich halten kann, um mich wieder zu spüren.

Eddy und Mo begleiten mich noch immer, aber ihre Pfoten gehören schon zu jemandem.

Du hattest recht, als Du sagtest, dass diese beiden außergewöhnlich sind und man sie sofort ins Herz schließen muss.

Ich hoffe, dass mein Freund ähnlich sein wird wie die beiden.

Du wirst ihn lieben und ihm werde ich alles von Dir erzählen.

Habe ich Dir je gesagt, was für eine tolle Mama Du warst?

Du lebst in mir weiter und ich bin stolz auf alles, was ich von Dir habe.

Ich liebe Dich, Mama.

Für immer Deine Leonie

Kurz hält sie inne, bevor ihr Weinen lauter wird und sie schluchzt.

»Mama? Ich bleibe allein. Heute zähle ich den vierten Advent und kann Dir niemanden vorstellen, der mein Leben teilt. Keiner hätte zu mir gepasst. Heiligabend komme ich wieder zu Dir und Julian«.

Ben greift nach dem kleinen ›Weshi‹ und trägt ihn zu seiner Tochter, die verzweifelt die Erde küsst, die ihre Mama und sie voneinander trennt.

Der ›Wuschel‹ - zu Boden gesetzt, - springt grobmotorisch auf sie zu und fiept.

Der Blick von Leonie ist das schönste Weihnachtsgeschenk.

»Lieber Schatz« wendet sich Ben an seine verstorbene Frau.

»Hier ist er! Er hat sich verspätet.

Darf ich ihn Dir vorstellen?

Der neue ›Herzbewohner‹ unserer Tochter. Nimm es als Begrüßung, dass er über Dir die Erde wässert. Ihr werdet Euch öfter sehen«.

Diese Rührung, von der wir alle ergriffen sind, als Leonie vier Pfötchen auf ihren Armen hält und ihre Nase in seinem Fell versteckt, entschädigt nicht nur die neue Hunde-besitzerin für viele traurige Stunden.

Jonna geht auf Ben zu und greift nach seiner Hand, was Leonie in kleinster Weise miss-versteht.

Ihr »ich weiß nicht, was ich sagen soll« bezieht sich auf die Harmonie, die sie am dringendsten benötigt, um nicht am Leben zu zerbrechen.

»Seid nicht böse, wir wollen jetzt allein sein«. Leonie verschwindet mit ihrem Freund auf geradem Weg zu Julian.

»Schau kleiner Bruder. Mir wurde ein Engel geschickt«, klingt ihre Stimme von weit her.

»Edmo komm. Auf uns wartet das Leben«.

DANKE

Ich wähle diesen Weg des **Danke**-Sagens an die **Bildautoren**, die ihre Werke auf **Pixabay**[2] zur Verfügung stellen, die ich fantastisch finde und mir als Foto-Laien helfen, dem Buch einen besonderen Schliff zu geben. Eine tolle Arbeit, die Ihr macht. Ein herzliches Wuff-Wuff auch von Eddy und Mo.

Danke an:

Cover:

Gerd Altmann (2x) / Marielou Lolilop

Seite 14

Bild von miyags

Seite 23

Bild von Marielou Lolilop

Seite 36

Bild von subin cho

---

[2] https://pixabay.com/de/?utm_source=link-attribution&utm_medium=referral&utm_campaign=image&utm_content=2073098

Seite 49

Bild von Tobias Brunner

Seite 56

Bild von Goran Horvat

Seite 68

Bild von silviarita

Bild von StockSnap

Seite 76

Bild von kalhh

Bild von Bessi

Bild von Kacumen

Bild von Here and now, unfortunately, ends my journey on Pixabay

Seite 85

Bild von Bruno /Germany

Bild von cocoparisienne

Seite 99

Bild von Orna Wachman

Bild von 2331323

Seite 110

Bild von Danehrr22

Seite 118

Bild von Rudy and Peter Skitterians

Bild von Kleiton Santos

Seite 128

Bild von Ulrike Mai

Seite 138

Bild von Hans Braxmeier

Seite 148

Bild von cm_dasilva

Seite 151

Bild von SEBASTIEN MARTY

Bild von Bianca Van Dijk

Seite 159

Bild von athree23

Seite 162

Bild von Hans-August Beer

Seite 171

Bild von Selling of my photos with StockAgencies is not permitted

Bild von Gerd Altmann

Seite 187

Bild von Angela Yuriko Smith

Seite 199

Bild von Laney5569

Bild von HOerwin56

Bild von Rondell Melling

Seite 209

Bild von Social Butterfly

Bild von Tymon Oziemblewski

Seite 220

Bild von Leroy Skalstad

Seite 227

Bild von Brita Seifert

Bild von Anastasia Gepp

Bild von Gerhard G.

Seite 248

Bild von Here and now, unfortunately, ends my
journey on Pixabay

Bild von 11333328

Bild von Ирина Некрасова

Seite 258

Bild von David Mark

Seite 262

Bild von Here and now, unfortunately, ends my
journey on Pixabay

Seite 275

Bild von Michal Jarmoluk

Bild von Anemone123

Seite 283

Bild von Mylene2401

Seite 295

Bild von Karen Nadine

Seite 302

Bild von congerdesign

Bild von Gerd Altmann

(Bild von lokalsportessen auf Pixabay)

»Guck, Eddy, das ist doch nicht Leonie und Edmo wird niemals diese Größe erreichen«.

»Mo? Unsere Mission ist beendet, finde Dich damit ab. Das Foto ist als Dankeschön unserer Schriftführerin an die begnadeten Fotografen, die perfekt in Szene setzen, was sie fühlt und mit Worten nicht beschreiben kann«.

»Eddy?«

»Was beschäftigt Dich, Schatzi?«

»Leonie braucht uns nicht mehr, ihr neues Leben beginnt jetzt. Es wird vielleicht nicht ihre beste, aber wichtigste Zeit».

»Ich wünsche mir, dass es gnädiger wird als das, was ihr ständig ins Gesicht schlug.

Ich weiß, Du leidest darunter, dass sie ohne uns weiterläuft, als hätte sie schon immer auf eigenen Beinen gestanden. Sie war nur gestolpert, Mo.»

»Hältst Du mich für so egoistisch? Ich mache mich nicht größer, indem ich mich am Schicksal anderer ergötze, Eddy. Nur kann ich nicht nach monatelangem intensivem Auseinander-setzen mit der Geschichte eines Menschen alles auf Anfang stellen«.

»Wenn Dir vorschwebt, auf neue Probleme von Leonie zu warten, dann rate ich ab. Sie besitzt die Stärke, alles anzugehen und zu bewältigen. Der Background vorhanden und stark«.

»Das ist es nicht, Eddy. Sie ist glücklich wie Ben und Jonna. Sybille wird hoffentlich einer gerechten Strafe zugeführt. Ich denke vielmehr an unsere neue Mission«.

»Sorry Mo. Ich habe noch keine Idee«.

»Erinnerst Du Dich das Obdachlosenheim? Ich kann diesen einen Mann, der uns zu Benjamin geführt hat, nicht wirklich vergessen. Auf mich machte er den Eindruck, als hätte er sich gewünscht, wir hätten nach ihm und nicht nach Ben gesucht«.

»Warum hast Du ihn provoziert?«

»Das ist es ja. Ich, provokant und fies, traf auf was undefinierbar Nettes, was er zweifellos in sich trägt. Warum lebt er auf der Straße?«

Eddy scheint eine Erleuchtung zu kommen.

»Dich interessiert seine Geschichte?«

»Und warum er keine Schuhe trägt«.

»Du hast mich überzeugt, Mo. Auf ins Obdachlosenmilieu. ›Tzurück‹ bei Ben wird er stolz auf uns sein«.

Sehen auch wir uns bei ›Tzurück‹?